山城的微笑

旅行新世紀 02

鍾文音◎著

尼泊爾的不浪漫旅程

自序

　　他認爲自己並不是個觀光客,而是旅人。

　　關於兩者之間的差異,他每次都會解釋。通常觀光客都會在幾星期或幾個月過完就匆匆回家,但旅人並不屬於任何地方,他們慢慢地遷移,經年累月從一個地方移到另外一處。

——保羅伯爾斯《遮蔽的天空》

　　我旅行世界,從來沒有在尼泊爾這麼自在過,從來沒有一個地方像尼泊爾讓我有回家的親切之感,這親切是深深的一種人與人的情懷。

　　也許我有某個前世曾經在喜馬拉雅山下生活過,也許我此世的深邃眼眸來自於這塊土地的前靈。

　　我第一次書寫尼泊爾古國,形式雖是旅行書,但卻是懷著朝聖原鄉、見我故舊的心情。

　　這本書因應出版所需與書寫既定的角度之限,在圖片

與文字比例上我的想法是二者平等各占篇幅。尼泊爾是自助旅者的天堂，是一個人可以完全自助旅行的國度，這是我唯一的建議。

至於更深沈的古國魔幻步履與自我內心曲折將來會暗藏在我的其他創作文本裡。

這樣的旅行書寫，在我的寫作路途裡，都只是一種人子該有的工作，是自我靠書寫供養自我的生活所需，此種書寫形式自非關創作本質，但毋寧卻更接近一種生活態度的觀照。

我樂意在創作之餘，偶爾因應這樣的生活供養而提筆。

創作其實沒那麼重要，創作的重要是在於生活的熱情與意志的持續勃發（提醒自己勿掉入創作者自我的水月幻象與自以為是的存在膨脹），如果拉廣拉高生命亙古以來的前世今生版圖來看，最最重要的是自我生命的誠實面對，與實行實修的生命韌性，還有那絲毫不逃離的自我凝視，凝視著任何的念頭，覺照任何的慾望。

鍾文音 合十於幻碧閣

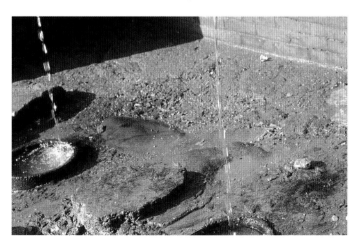

目錄

序曲·古國的夢幻與生死

你從河流那裡得知了這個秘密嗎？

那就是沒有時間這種東西的存在。

黃昏時，他們常常坐在河邊的樹幹上，

他們倆靜靜地諦聽水聲，

對於他們而言，那並不只水聲，

而是生命的聲音、神靈的聲音、永恆生成的聲音。

——赫塞《東方之旅》

整個加德滿都城市被四周的高山環繞，聳偉的喜馬拉雅山襯在視覺的前方，摩訶婆羅多山脈在城市的北方迤邐開展。

　　身處尼泊爾的首都卻沒有大城市高樓大廈之感，只有無數來去的人車才讓旅人想起它的繁忙與亂象。

　　這裡的廟比住宅多，這裡的神比眾生還複雜。

　　空氣裡到處都是灰塵、絲霧，鼻腔黏膜總感覺在吸氣時有所阻礙。緩慢行走的是牛車、三輪車和老人，快速蛇行的是機車計程車巴士和嬉戲結隊的小孩，無所事事的青年和山羊、鴨子、牛一樣地緩慢行過，若有所思。

在觀光地，景象從緩慢轉快，原本坐在樹下或地上的小販見到旅客行出觀光景點大門都快速站起且追至身邊，拿著一串串念珠、一疊疊明信片、身披五彩圍巾、身扛叮叮咚咚項鍊耳飾……繞著人們轉啊轉，放棄舊的一個，又追上另一個新來者，每天他們要反覆多少次這樣的追追趕趕，起起落落？

一般人都很瘦，有的乞者真是瘦到皮包骨，在尼泊爾倒是沒有見到像之前在印度常見的一種得了膝蓋以下的Polio（小兒麻痺）疾病者，這種病患終生以手當腳爬行於地，如猴的殘人般。當時我想起了以前鄉下人常用台語罵人的話：著猴！

所幸尼泊爾境況好太多了，雜蕪之境有，但殘人的畫面已無。有的乞討小孩見到穿著僧衣的台灣出家人竟會不斷地低低哀憐著說：師父，師父！阿彌陀佛！阿彌陀佛！一百一百！

我仔細聽，沒聽錯，說的可是國語，真不知是誰教的，聽起來像是有個首領丐幫幫主的集團似的，予我一些想像，當然尼泊爾的小販或丐幫比起印度之輩絕對是溫馴太多了，他們最多哀求幾句眼露悲光，但印度人死纏爛打的功夫他們倒學不會。在那樣對望的目光中，突然想起之前曾經落腳住宿於加德滿都頂尖的五星級凱悅大飯店，當時一瓶礦泉水花去一百零六盧比，而這一百多元現下可以在加德滿都小食館吃上好幾餐吶。

下圖：當地薄餅。

Namaste！Namaste！來此每天都會聽到人們發出和善的「你好！」問候語。

問候語迴響，雙手合十，黑白分明的大眼盯著過往行人看，站在街頭一陣，你會訝異於尼泊爾人的面目各式各樣，從谷地到高山的各部落民族全統合在一起，既獨立又協調。

近年尼泊爾共產黨四處打游擊戰造成了這個古國的內部不安，透過國際新聞的報導，外國人卻步，當地人心

惶惶，觀光業受到打擊對尼泊爾是一大嚴重損失。

　　整個尼泊爾的觀光業明顯下降，許多商家門可羅雀。

　　起先幾日我住的三星級旅館竟然只有我一個客人，眾多人服務我一個人，尤其是那個穿著制服的中年腳伕對我總是流瀉著熱切眼光，總是一見我即主動把我手裡的東西拾去，即使只是個很輕的塑膠袋，因為他知道我會給他小費。我見他提得如此喜悅，黑黑的臉龐露出潔白的牙齒，以小費買一個陌生人的微笑，十分值得，之於我在那樣的孤旅狀態，我需要的其實不過是這樣的微笑相待。甚且，我沒給小費時，他在當時見我下車就已經微笑了，不論是否基於職業使然，那都是一個讓人忘不了的微笑。

　　冷清清的觀光商店外人群依然十分擁擠熱絡，金黃色的萬壽菊堆在滿滿的竹簍，繽紛的五彩蒂卡粉（Tiki）正等著人們買了沾水塗到頭頂眉心上。陽光下，乍看以為他們的額上流著血卻扯開嘴笑著，黃紅交替的色彩，恍然是天空雲朵的顏色映上了眉間，人們捧著黃銅器皿盛水沐浴祈禱，黃銅色澤古老誘人，古都恆久以來的魔魅。

　　然而在古老中，卻又到處充斥著臨檢的鶴戾感，不苟言笑的軍人荷槍上巴士上火車東翻西弄。

　　許多飯店餐廳生意冷清，人們都在等著共產黨的煙硝快點散去。

　　唯獨在有尼泊爾有恆河之稱的巴格瑪堤河（Bagmati River）是個永遠的忙碌之地，通向往生之路依然不分季節地擁塞。

人間生死場

　　其命運與際遇盤據了他們的心，或者是死亡，或者是他們的童年，而當河流在同一瞬間，告訴他們某件好的事情，他們就彼此相對……

——赫塞《東方之旅》

　　印度人的死亡居所是聖河恆河，而尼泊爾人的聖河是巴格瑪堤河（Bagmati River），此河是尼泊爾人心中的恆河。

　　距離加德滿都約五公里的路程，所有的亡者來此進行最後的人間儀式。

　　尼泊爾人大都信奉印度教，死亡的火化儀式也是在河階（Ghat）進行，死後燃燒的骨灰灑入河中，意味著靈魂得以脫離軀殼解脫後方告完成。

　　橋面有座石橋，橋兩端恰好也分隔著貧富貴賤，河的上游設有一座石造平台，是皇室或貴族專用的火葬區域，橋的另一端位於下游區域設有四座平台，是平民老百姓的火葬地。

　　來到這裡時，感覺氣氛有種凝重，一名警察過世，正要舉行火葬儀式，一般旅遊書籍多會提到尼泊爾人在死亡儀式中是不會哭泣的，但是當我見到這位覆蓋著著橘紅色布面的軀體燃上火把之際，這名警察之妻還是哭嚎了起來，哭聲傳至我坐的河階對岸。

　　生死對於修行者而言是意識的幻覺，身軀是假合之物，不必眷戀。但對一般人卻還是難捨難分，說是要歡喜送親人往生，但是乍然勾起往日情懷，送行者不免悲悲戚戚，火化的那一剎難掩哀傷，再堅固者也難不動情搖心。

　　生死晝夜，日月輪迴，青煙縷縷，亡魂不斷。

　　在火葬場此岸有座尼泊爾人信仰的印度教寺廟帕蘇帕

上圖：《生死兩岸，時光之河》。（鍾文音畫作）

中圖：從此岸到彼岸，一座橋分隔生與死、貧與富，人類什麼時候才能有平等心？

下圖：生死晝夜，日月輪迴，青煙縷縷，亡魂不斷。

堤拿（Pashupatinath），供奉濕婆神的化身帕蘇帕堤（Pashupati）。濕婆是破壞與創造之神，事物的終結與開端並存一體，祂的化身繁多，帕蘇帕堤是其一的「野獸之神」，濕婆手握三叉，三叉是三種角色的象徵，包含了創造者、保護者和破壞者。一把劍一支弓和一個頭骨，騎著公牛南迪（Nadi），此即是濕婆神最常見的面貌。

濕婆的兒子塑像也普遍被供奉在公共場域和一般的商家入口處，濕婆兒子的特徵顯而易見，那就是有著象臉人身的干尼許（Ganesh），此神祇被稱為最可怕的神，具有十足的保護力，為幸運與掃除障礙之神。

特殊的典型三層式屋頂建制依序而上，顏色暗晦，周邊的建築物卻漆成白色和黃色，在陽光下烈烈灼眼。一如亡者所鋪上的橘紅色巾，一如未亡人身穿的鮮豔紗麗，飽滿的輕盈亮度讓人似乎忘了悲愁和沈重。

這條河流在每年的八、九月間的三天提吉（Teej）節日是當地的婦女節，數百名以上的婦女們穿著金色和紅色的美艷紗麗，又唱又跳地在集結在帕蘇帕堤拿，是每年最美麗的河邊一景。

現下我所看過去的河邊十一月秋末，只見死亡之煙與蕭條之感，一些未亡和虔誠者在水中象徵性的沐浴著，稍遠一些有一些不知人間疾苦的小孩在兀自三五成群在水中潑水玩樂，無視於前方河壇的火葬儀式。

和火葬場河階相對的另一岸上坐了許多不少像我一般的外國旅人，靜靜坐著或是彼此低語地望著對岸的儀式，我聽見了柴火燒著人骨發出的霹靂帕啦響，續之煙火冉冉上升，隨風飄逝，不知所終。

此岸階梯後方有十一座舍利塔，每座舍利塔外牆有浮雕，內裡大都供奉著象徵生殖力的靈迦（Lingum），一根根突起如陽具的石雕媒材轟立在宛如陰道的圓形中心，外人看得真覺殊異。不論是公牛南迪或是靈迦都是一種隱喻，象徵著人們祈求豐饒多產和健碩有力。對岸在送

亡者，此岸在祈禱生殖。

　　生人死人來來去去，陰陽兩界可真忙碌。

　　繞到舍利塔外，會突然被一群蹲坐在地上的人嚇一跳，這些塗著白色粉末、身體重點部位繫著黃著黃色或紅色的薄衣，頭繞布巾的人被稱為巴巴（Baba），也就是瑜珈修行者。通常他們集體坐在那裡，像是等著被人供養似的，我一拿起相機，他們馬上就點點頭示可。

　　當地陪我來的尼泊爾人早已叮嚀我，若要拍照就要準備給他們錢，給其中一個後，他們會去平分。

　　我給了五百盧比，接過錢的修行者面露不悅神色，嫌我給太少了，接著後方的人對著那張鈔票開始叨叨說起話來。那樣的神色讓我懷疑他們哪裡是修行者。

　　我在加德滿都一餐也不過吃二十幾塊盧比啊。

　　我後來聽到幾個不知情的西方觀光客說他們沒有給小費，這些人竟然強制索取小費才讓他們通過。乞丐還乞之有道，怎這些人掛著修行的牌照卻大打金錢的主意？

　　真是什麼人都有。

　　有導覽書特別提到這裡有一些都是偽裝成修行人或是聖者的模樣騙錢，拉好奇的遊客拍照以交換金錢。在此

1.～3.生死界忙碌，陰陽往來，骨灰入
河，靈魂超渡。
4.舍利塔外的昏濛景觀。

化妝術與表演術瞬間滿足了好奇的觀光客，觀光客若是以和某個表演者或藝人一起合影留念的心情似乎就不會覺得被騙了。觀光客滿足了異國情調，僞裝成修行人的表演者有了點錢維生餬口，也就毋須計較眞僞與得失了。不論修行者面目何眞何假，我倒覺得不論旅人給多少小費而他們皆歡喜受之才是最重要的展現，眞僞在我看來是那顆心啊。

看看之前我拍照的那些當地人眼中的眞修行者卻在收到小錢時臉露不悅，反不若僞修行者收到小錢之開心且歡喜拍照模樣地讓人見之歡喜。

無數貧苦的尼泊爾人寄託來世，對於現世他們沒有改變的能力，只好盼望輪迴得以重新將命運洗牌重組，因爲相信因果，所以此生苦者都很認命，就像他們希望做好事得好報一樣，就像那個坐在街角每天遇到我都會問我快樂嗎的和藹老人，老人相信每天問候陌生人就是一種慈悲。

我感激在陌地聽到這樣的問候：「妳快樂嗎？」

是的，我很快樂！我如此笑著回答，老人亦開心地呵呵笑著。

無價的問候與微笑。在這個死亡很早就來到的古國，老人是生活的智慧代表，受到古國的尊重。

尼泊爾城市人雖然愛財懷著金錢夢，且三十多年來的觀光化產業以及外來客隨手乞憫的善意捐款，帶給了不少尼泊爾低階人民不願上課放棄找工作而寧可出門乞討的惡習；但是基本上尼泊爾人是十分良善的民族，但看他們對於老人的尊重，即可略窺。而尼泊爾人從不因赤貧而喪志，他們熱愛生活，月月有慶典，日日有儀式，且敬畏生死與因果輪迴，因此普遍人心安穩，治安良好，小欺小詐雖有，但也僅止於此。

說起尼泊爾總是混雜著許多內在情愫與情緒，古國的夢幻與失落，其實是連結著熱情與死亡的兩岸。對生意

金錢的高度夢幻，造就了此地觀光業如雨後春筍的興
盛；對宗教信仰與往生的高度崇敬，造就了古國精細的
雕刻建築藝術與死亡儀式的精神極致。我在古都徘徊遊
走，鼻息日日吸入大量灰塵且耳膜遭受分秒高分貝刺激
而多所疲憊，但是心情與步履大抵是祥和平靜的。

　傳說尼泊爾是文殊菩薩從喜馬拉雅山群峰圍繞的湖中
所劈開进出中的一座島，湖中島內開有一朵藍色的蓮
花，蓮花即是佛陀精神永不熄滅之光。我想就是這藍色
蓮花的光所夙夜映照人心，因此無論他們因為觀光化而
如何地迷了失，他們終究都是坐擁蓮花啊。

拜訪多神的國度

若行若座，想念俱無，愛染不生，無留欲界。……
汝愛我心，我憐汝色。以是因緣，經百千劫，常在纏縛。

——《楞嚴經‧卷九》

藍毘尼園行程係延續印度朝聖之旅，為八大聖地朝聖之最後一站。（為了朝聖的完整性，所以此單元在相關的我寫之《廢墟裡的靈光──重返印度的佛陀時代》一書亦一併出現）

左圖：《覺者之光》。（鍾文音畫作）
下圖：藍毘尼的阿育王石柱。

藍毘尼園──佛陀出生地

藍毘尼（Lumbini，又譯：倫比尼）是佛陀誕生地，過去隸屬印度UP省（Uttar Pradesh，即古印度「迦毗羅衛國」），如今世事幻化，已屬於尼泊爾境內，在英統領印度一八五七年期間，因尼泊爾協助英國平反印度內亂有功，因此英國把藍比尼賞給了尼泊爾，以致於到印度朝聖若想走完八大聖地，就得印度、尼泊爾兩國同走。

走到此站已是印度八大朝聖之旅的終點，開始進入尼

泊爾行程。

　　藍毘尼園離印度邊界不遠，通過吵亂無比與辦事效率低卻索簽證費高的邊界後，再驅車至約三十分鐘車程的藍毘尼園約是午後四時。穿過販賣藝品的長長小販以及老小乞丐後，便可見到在園內入口有座廟，牆上繪著尼泊爾加德滿都四眼天神廟的兩個彎彎大眼睛，睨看著眾生。入口有座低矮的「摩耶夫人廟」，不甚光亮的狹窄空間中央供奉著摩耶夫人產子像，石像古舊不堪且模糊，但仍清晰可見佛陀誕生的畫面。相傳摩耶夫人係夜夢六牙白象由右掖入，感而受孕，遂生佛陀。

　　當年玄奘在佛境一路行來，瞥見「澄清皎鏡，雜花瀰漫」的釋種浴池，並在附近見佛陀降生的無憂古樹，附近有阿育王石柱。這石柱刻有銘文說，阿育王治世時的第二十一年親至在佛陀降生地參拜立柱。

右一：在佛塔供燈。
右二：被染上蒂卡粉的佛石雕像，常見之景。
右三：覆缽式佛塔有很細部的雕刻。
下圖：佛陀誕生浮雕。（世界宗教博物館提供）

　　當我站在印度佛教藝術鼎盛時期的孔雀王朝阿育王所建的大石柱時，我亦緬懷玄奘大師當年仰望此石柱的姿態。前有古人，後有來者，續佛慧命。

　　阿育王石柱在一八九六年德國考古學家傅爾博士在密林中挖掘這座石柱殘蹟後，整個藍毘尼園的發掘自此揭開秘紗。

　　現今的藍毘尼園已和過往風光相去甚多，阿育王石柱被鐵柵欄環環包圍住，據說是爲了怕偷盜。然石柱仍俯視眾生，上千年石柱在殘破中屹立著某種不移信仰，四周燭火環繞，各國在此所蓋的佛寺以石柱爲中心或遠或近地繞著園內。

　　景觀的最大變化是鄰近阿育王石柱周圍原本除了樹木外並無建築物，今年至此背後卻多了棟建築物，擋住了視野，正在扼腕之時，園內介紹此建築計畫的考古學家Basanta Bidari予我認識。

　　在此挖掘和建設的考古學家Bidari係尼泊爾人，受藍毘尼園基金會之僱，重新開掘釋迦牟尼佛出生的正確地點，並將挖掘而出的雕刻石像保存。阿育王石柱旁的建築體下方即是考古出佛陀正確的誕生地點，考古學家引我們進入建築體內部，只著某個圍起來的位置，裡面還蓋有靈修靜坐中心，由日本人出資。一九三二年尼泊爾政府在此挖掘，得一座摩耶夫人小廟，廟內現僅擺兩幅浮雕，浮雕刻畫著摩耶夫人右手攀無憂樹之希達多太子誕生像。小廟陰暗，浮雕亦已被燻得黯淡無光。

　　說起佛陀誕生於此地，必得談起佛陀的母親及印度的習俗。佛陀的母親摩耶夫人是迦毘羅衛國臨邦拘利國的公主，「摩耶」之意爲幻覺或幻相。

　　依照印度過去傳統習俗懷孕婦人需回娘家生產，於是摩耶夫人在臨盆前夕辭了夫家釋迦族淨飯王，在侍從和宮女隨同下乘坐轎子向娘家前進，途中他們經過藍毘尼園，摩耶夫人於此休憩賞園，就在她步行至婆羅樹下

杜巴兒廣場是生活的中心，也是祭祀的重地。

時，她手攀樹枝仰觀虛空之境，這時她的兒子也就是後來的希達多王子於其右脅降世。

聖人出世總有聖蹟異象，當時（四月初八）希達多王子出生即行走七步，步步生蓮，一手指天，一手指地，玄奘記載當時景況：「菩薩生已，不扶而行於四方各七步，而自言曰：『天上天下，唯我獨尊，自茲而往，生分已盡。』隨足所蹈，出大蓮花，二龍踴出，往虛空中而各吐水，一冷一煖，已浴太子。」

「這是我最後一次生死，爾後將不再輪迴。」太子語畢天地間現瑞相，同時有位於三十三天的阿私陀仙人聞此消息入宮求見太子，並縱聲大哭，其慨嘆自己未能等及佛陀成道就將往生，他預言太子將來將出家修道且證得無上正等正覺。

來到藍毘尼園，佛弟子除了誦經懺悔迴向供燈繞塔靜坐外，必然得聽聽這段傳奇中的傳奇。

藍毘尼是佛陀出生地，但卻是印度朝聖整個行程的最後一站。因此通常朝聖團會在阿育王石柱周圍依例舉行

供燈誦經，在此還有個重要儀式就是舉行朝聖的總迴向，僧眾在行程中所持唸之《慈悲三昧水懺法》和各部經典作迴向，唱七佛滅罪眞言及誦迴向疏文：「誦經功德殊勝行，無邊勝福皆迴向，普願沈溺諸有情，速往無量光佛刹，十方三世一切佛，一切菩薩摩訶薩，摩訶般若波羅密。」

摩訶般若波羅密，「摩訶」的意思是心量廣大無邊，大至有如佛國淨土之遍滿虛空；「般若」一般譯成智慧，不過此字意義還比智慧更深遠，此字有透視直觀深觀心性之意；「波羅密」是從煩惱（輪迴）的此岸到達解脫的彼岸。

由於按印度尼泊爾里程行走的順接方便，因此在佛陀誕生地恰好卻是八大聖地朝聖之旅的最後一站，在佛陀誕生地圓滿結束，做了總迴向，感覺在這個旅程裡深埋著巨大的隱喻：生死是一體，誕生也是結束，結束也是開始，不生不滅，圓滿完成。

主題故事是尼泊爾雕刻的手法之一。

加德滿都朝聖之旅

蘇瓦揚布拿寺（四面天神廟、猴廟）、博拿達塔（小眼睛廟）、密勒日巴山洞、龍樹菩薩修行地、蓮花生大士修行山洞、金剛亥母廟

加德滿都的宗教建築是觀之不盡，集印度教和佛教之密教大宗，由於尼泊爾靠近西藏，和密教淵源極深，至今仍有許多的藏人在此營生，即使在印度教盛行的佛塔寺廟，卻總能見到印度教和藏傳佛教的彼此相容，一邊是印度教徒在供燈祈禱，一邊是喇嘛們在誦經和信眾們在塔外推動著「轉經輪」，喃喃誦著〈六字大明咒〉唵嘛呢叭咪吽。在許多的塔廟附近有許多的得道高僧與仁波切，許多的台灣信眾每年必來此參訪上師，尼泊爾自此成了藏傳佛教文化裡非常重要的聖地。

一般所提及的尼泊爾佛教都是指西藏佛教，除了地理因素外，還有歷史因素，西元六世紀左右，尼泊爾公主嫁給西藏國王松贊干布，當時她的嫁妝即包含了大量的佛教文物，而此公主即是極受藏密佛教尊崇的度母女神（Tara），度母是觀世音的化身。

1.一路梯田風光，伴隨孤寂旅途。
2.從蘇瓦揚布拿寺往山下鳥瞰，一座山城在望。
3.撞鐘是進入寺廟的首要儀式。
4.尼泊爾小孩，處在古國，觀光化帶給他們對新世界的嚮往。

傳聞佛陀打開娑婆世界，觀音菩薩遂見受苦的芸芸眾生。觀音菩薩流下了兩滴淚，一滴為慈，一滴是悲。慈淚為綠度母，悲淚為白度母。白、綠度母是觀音淚水的化身。

現今的尼泊爾佛塔、佛寺在造型上深受西藏喇嘛寺廟風格的影響。

當我結束印度旅程轉至此地時，感覺宛如從地獄來到天堂，這種感覺說的是心境，自非物質，因為尼泊爾的生活條件受限於山城發展依然貧窮，但是這些生活在喜馬拉雅山下的子民似乎天生有一種喜悅與純樸的本性，因此即使宗教相異也感覺十分協調且文化自成一格。

上圖：以徒步和頭綁重物籃仍是山城子
　　　民的生活勞動之一。
下圖：加德滿都谷地的佛陀金身雕像，
　　　讓人被美與莊嚴瞬間震攝！（在
　　　蘇瓦揚布拿寺附近）

蘇瓦揚布拿寺（四面天神廟、猴廟）

　　加德滿都是座谷地，高山環繞著古城，當我氣喘吁吁地登高，爬上三百八十五級石階，賞過石階兩側的大石佛、象鷹等雕像，來到了蘇瓦揚布拿寺(Swayambhunath)，居高臨下地俯瞰整座山城，紅瓦赭牆泥厝襯在霧中風景裡有著質樸堅毅的性格，點狀聚落分布的紅褐色民厝和雲光水影的環環繞繞梯田在霧中忽隱忽現，偶可見到如蟻般小的農婦扛著竹簍行過。

　　生活在加德滿都，日日看山，這些山都是喜馬拉雅的群峰，高聳連天，壯觀莊嚴。在山城底下若往山丘看，清晰可眺望到蘇瓦揚布拿佛塔，現下登頂俯瞰山城，高低不同的美感顯現平民與宗教兩種氛圍，既親切又莊嚴，在尼泊爾的廟宇行走並沒有清幽之感，相反地和山下的庶民生活氛圍近似。

　　這個國度的宗教性格一樣是熱騰騰的，極生活務實性的，有點像民間信仰般，尼泊爾其實百分之九十是信仰印度教，印度教是多神教，無物不神，在這樣的信仰理念下人們所祈所求不是超脫出塵，而是盼望生活的基本面能夠臻於與個人願望合一。

　　這座佛塔的四周盡是猴子，牠們在四周跳躍觀察人們動靜，果真是猴兒當家的猴廟。

　　蘇瓦揚布拿佛塔在尼泊爾話裡有「湖泊出蓮花」之意，傳說裡的加德滿都盆地原係一座大的湖泊，後來因

為從中國來的文殊師利菩薩至此劈開了盆地的山岩，湖水才得以退去，傳聞最初出現的建築物即是此廟。

佛塔的建築歷史超過兩千五百年，這座佛塔外觀為金色塔身，塔身飾繪著巨大的佛眼，底座為覆缽式，像個白瓷碗倒蓋著，四面八方掛滿了西藏的祈福五色經幡，看得出這裡深受藏傳佛教的風格影響。繪著四顆巨眼，因而蘇瓦揚布拿佛塔又被稱為「四眼天神廟」。

主塔為半球體狀的白色覆缽造形，據悉這主塔以此形狀建蓋是代表宇宙，五色經幡傳聞說是意味著金木水火土。相傳藏人相信當風起兮，經文隨風飄揚會送到神佛的耳膜裡，神佛會帶來祈福。

四面巨大的佛眼下方有個像是問號的鼻子，那看似問號的字其實是尼泊爾的數字「1」，代表萬法歸一，一又有和諧一體之意。

佛眼上方共十三層，呈往上遞減的尖塔式造型，金色輪環為外型裝飾，一環代表一境界，共十三個境界，最頂端的華蓋是代表極樂世界，也就是涅槃（Nirvana），無生無滅的正覺。仔細觀察在蘇瓦揚布拿佛塔由下至上共有五種造型，亦是象徵宇宙五大元素，底層為「地」，半圓形主體是「水」，螺旋塔代表「火」，圓形華蓋意味著「風」，最頂端處為「天」。

在佛塔附近有藏傳佛教在此修行的喇嘛，旁邊也有座印度廟，印度廟信眾極多，許多人點燈燃燭供花祭拜之

杜巴兒廣場是生活的中心，也是祭祀的
重地。

敲打銅鐘，入寺必備。

外，也求問於坐在地上類似巫師角色，請求他們爲其消災。其中有座小廟哈拉提瑪，尼泊爾人認爲哈拉提瑪是小孩的守護神，所以在此小廟附近有許多的男女信眾帶著小孩祈福供燈燃燭。

而空地上總是不時地出現著野放的小猴在伺機而動，人獸無界，人佛無邊，登高望遠，既人間又天上，既存在又不存在之感。

在佛塔四周繞塔祈福者大多是藏人和佛教徒，但也有信印度教的當地人。在印度教裡，他們認爲釋迦牟尼佛也是保護神毘濕奴的化身之一，因此在佛塔裡也可見到信仰印度教者。在此，印度教和佛教祭典經常在同一個場所出現，界線並不劃分。

在這座超過兩千年歷史的廟裡感覺自己的靈魂也已走過生生世世，輝映著寺廟的古色古香，而這裡幾乎已成了尼泊爾人的精神聖地了，在這座精神聖地裡卻充滿著非常人間的色香與生活況味。

博拿佛塔

在加德滿都東邊約七公里處有座最大的博拿佛塔（Boudhannath），博拿佛塔周邊可以說是藏人中心。此避難所自從一九五九年起即成爲西藏一萬六千名難民的家，許多的僧院和居住在此的仁波切在此建立了博拿中心，被譽爲是世界西藏佛教徒最豐富的區域。

桿桿上懸掛著許多祈禱旗，非常典型的西藏風格。每年二月和三月之間的羅薩西藏新年（Losar Tibetan New Year）旗幟更新，並上灑上禾黃色的杜松香祈福。藏胞會穿上最好的衣裳配戴華麗首飾來此繞塔遊行。

博拿佛塔鄰近有許多仁波切在此修行修法，許多台灣信眾的上師都住在此佛塔的附近，光是博拿佛塔的廣場四周即約有廿來座喇嘛廟，其中有兩座位在廣場旁邊。

登上博拿佛塔的上方遠眺雪山雪景，此爲我感受最美

1.博拿佛塔（小眼睛廟）。
2.在博拿佛塔的轉經輪，轉動一次唸一回「唵嘛呢叭咪吽」〈六字大明咒〉。
3.蔓荼蘿。（世界宗教博物館提供）
4.蔓荼蘿（Mandaha）的建築模型，展示於帕坦博物館內。

一景。許多的喇嘛也手持掛著迷你型金剛杵（Vajra）和金剛鈴的念珠邊繞塔邊誦經，鄰近的藏人也在此轉著祈禱輪，嘴中唸著：唵嘛呢叭咪吽〈六字大明咒〉。傳聞在此佛塔心誠許願非常靈驗。

以塔為圓心的四周集結的環形商家，一些唱片行無時不刻不在播放台灣版本的〈六字大明咒〉，唵嘛呢叭咪吽，如夏蟬般地在耳邊嗡嗡梵鳴。最後聽久了，這聲音即使在我離開後也會不斷地在腦中播送。

博拿佛塔在舉行慶典時，千萬盞燭光圍繞著塔沿，非常莊嚴。博拿佛塔可登至塔頂尖端，許多顯密信眾在此禮拜，持咒。

登到佛塔尖頂眺望大雪山，此才算完成了登塔儀式。

在建築造型上蘇瓦揚布拿寺和博拿佛塔相似，但近觀則不同，博拿佛塔的覆缽式塔底全漆成白色，塔基部分四層向上縮減面積，繞塔即是一層一層地登高，鳥瞰圖和蔓荼蘿（Mandaha，又音譯：曼達拉或曼陀蘿）相似，

　　蔓荼蘿是宇宙和眾生的象徵性圖像，有佛陀世界地圖的意思，也是喇嘛和佛教徒「冥想」的方位。

　　在博拿佛塔半圓形的主塔外緣底部，鑲著一百零八個佛龕和一百四十七個法輪數字，一百零八數字是常用的數字，像念珠等法器，一百零八的由來有一說法是因為觀世音菩薩有一百零八個化身。博拿佛塔的四方也繪有具有穿透力的佛眼，紅黃藍彩繪的佛眼意味著觀看四方之眼，十三層尖塔和蘇瓦揚布拿佛塔意義相同。

　　在尼泊爾佛塔的鮮明特色是在方形塔上的四面繪有大眼睛，這些眼睛稱為第三隻眼，在此的人們相信這眼睛宛如佛陀的眼睛象徵，祂張著眼睛監視著地球上的一動一靜，也將眷顧著有虔誠信仰的人們。或者第三隻眼也可視為人們的內在靈魂之窗，透過這隻眼睛人們啟動心輪意識。

　　藏傳佛教轉經輪或是繞塔需以順時鐘方式繞行，不可行至一半又折回，只能往前或退出，不可逆向行，和轉經輪以順時鐘的方向轉動一樣道理。

　　在《僧侶與哲學家》一書裡的父子對話對繞塔禮佛與心靈描述得很詳細，書中提到繞塔有著深沈的意義：

　　通常走路不過只是爲了盡快地到達某處，吃飯只是爲了塡滿我們的肚皮，工作只是爲了盡力去生產等等，但是如果我們居住在一個一切活動蘊含著心靈生活的社會中，最一般的行爲也都會有意義。……以佛塔爲例子，西藏人認爲能夠花一個小時繞這樣的一個紀念塔，其充實的效果遠勝於去慢跑。佛塔象徵著佛陀的心　（經文是佛語，「經」即是諸佛密意貫穿眞實意。佛像是象徵佛之身）。

　　順時鐘繞佛塔行是因爲身體的右邊被視爲榮耀的位置，於是繞塔時身體的右邊便會一直沿著佛塔進行，此也是一種對佛陀覺者和教義的尊敬。邊繞邊轉心輪，專注於一。

　　將生活日常的行爲轉化意義也是一種生活禪，好比走路時觀想自己在走向證悟之路，覺受就完全不同。點一盞燭火時，是燃起心中的願力，希望眾生得光明遍照。甚至梳頭髮，可以想斷煩惱絲，上廁所可以想身體之臭皮囊。用早午餐前先默唸：供養佛、供養法、供養僧、供養一切眾生；用畢餐後默唸：飯食已訖，當願眾生所作皆辦，俱諸佛法。晚餐稱爲「藥石」，吃晚飯前默唸：供養般若波羅蜜多。用餐後默唸：願眾生皆俱足般若智慧。如此吃飯是吃飯，但也不再是吃飯。

　　我們想像每一扇門是可以打開希望的「解脫之門」，這樣覺照每一個生活的動作就有了不凡的心靈蘊藏。

　　屬於藏人的膜拜方式是五體投地式，雙手往前推，全身順手勢趴下，來來回回一百零八遍，即使不開悟，日

日如此時時如此，也可訓練到專注力與培養恭敬心了。禮佛同時也是表達敬意的一種方法，禮佛不是對一個神的形象致意，而是對一個究竟智慧和代表慈悲喜捨的覺者的敬意。同時向智慧慈悲究竟頂禮是謙虛之舉，可以對抗貢高我慢的心識，傲慢是深沈的障礙。

跪拜時切勿只是機械性的動作，當我們用雙手雙膝和額頭同時碰地時，我們的身體和地面形成了五個點，這五個點也意味著淨化我們自身無始以來的五毒：貪瞋癡慢疑，將五毒藉著身體在動作時邊作邊轉化，當我們的雙手在面前滑向自己的時候，我們當願眾生離苦得樂。

體會儀式動作的深沈內在意義，將使身心在禮佛唸誦中愈來愈柔軟澄澈。

佛塔附近環繞著無數的小商家，唱片行不斷播放〈六字大明咒〉，這裡的CD沒有原版的，所以價格便宜，還可殺價。藏傳佛教的宗教畫、唐卡、佛雕像、法器、音缽、經幡、念珠、藏香等不勝枚舉，此地商家有不少都是西藏人，在此買東西可說是價美物廉，也等於幫助了在此流亡的藏民。

人與動物生活一塊，自然古樸原始。

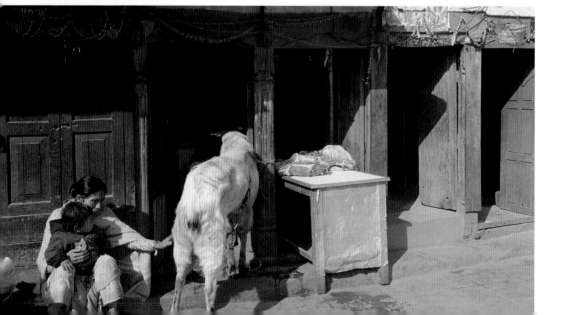

加德滿都的凱悅飯店，精緻光亮，和外界是兩個世界。

《花開圖·秋》（鈕文音油畫作品）

密勒日巴尊者修行山洞

緣起心要爲佛法，父母所生幻化身；
會遇上師妙口訣，則能成就法緣起。
緣起心要爲精進，無人身山涯洞住；
會和寂靜無言說，則能達成一切事。
緣起心要爲空性，密勒日巴之恆毅；
會和眾生之信心，則能成就利生業。
　　　　　　　——《密勒日巴尊者歌集》

　　靈鷲山的心道法師和密勒日巴尊者很有緣，在一次禪定淨相中，最崇敬的密勒日巴尊者示現，祂以手摩心道法師的頭頂說：「你要相信自己是佛」，並賜號「普仁」。往後靈鷲山開山以來一直顯密雙修，和藏密傳承有著極深的因緣。

　　在靈鷲山無生道場有聞喜堂，聞喜，即是密勒日巴的父親給予他的在家俗名。聽聞密勒日巴天生即歌喉美妙喜歡唱歌，凡聽過他唱歌者，無人不愛他的聲音，當時大家都說：「聞喜，聽了就歡喜。」

古樸山泉，雕刻於途。

密勒日巴（1038～1122）是西藏最富盛名的瑜伽聖士，他的一生像一首史詩般，他的詩歌總是至精至要，宛如箴言，歌詞優美深邃，傳頌千古而不朽，詩歌是早在九百年前在雪國喜馬拉雅山下對弟子們的即席吟唱。

在修持上，密勒日巴的造詣更可說是獨步古今，其說的法人人皆可懂，直指人心，直接了當。

說起密勒日巴的一生，卻是比傳奇還傳奇。他出生於西藏的阿里貢塘，七歲喪父，家財被伯姑所占並受欺凌，奉母令學習苯教咒術以報此深仇。所以密勒日巴是先作黑業，後作白業，黑業就是指當年他下咒害死三十五個村人，並降雹打落所有正要收割的田地麥穗。白業是指他後來悔悟所修的無上正法。

事後密勒日巴對於放咒和降雹的罪惡起了很大的悔心，他非常悔恨所造黑業，這念頭升起後，他想要修正法的心念也就一天比一天強烈起來，竟至到了白天不想吃飯，夜晚無法入睡，走時想坐，坐時想走的地步，且厭世之心常湧上心頭，於是他四處尋找上師。

在金剛乘裡具德上師是一切成就的根源，如果和上師有夙緣法緣，在聽到上師之名時會有急切渴望見到的心。密勒日巴就是在聽到馬爾巴（Marpa）時，興起了說不出的歡喜心甚至全身的汗毛直豎，眼淚如潮水般湧出，生起了無量的歡喜虔誠與無比的信心。而他的上師也有所感應，在他遇到馬爾巴時，馬爾巴已知道他要來了，前一晚馬爾巴做了一個夢，夢兆出現密勒日巴日後在佛法上將有廣大的事業。

但馬爾巴為了考驗他且消他的宿業，因此一再地出難題及給各種不合理的要求來考驗密勒日巴求法的決心。

馬爾巴再三刁難他，並故意不傳正法給他，而是要他蓋房子，待密勒日巴費盡千辛萬苦蓋好後，他又說這不是他要的，密勒日巴就這樣起了三次又拆了三次，最後一次蓋好後，未料馬爾巴卻又刁難密勒日巴，他說：

「你不過略略做了幾天小房子而已，這絕不能得到我從印度苦行求來的灌頂和口訣，有供養就拿來，如果沒有啊，就不要坐在密乘奧義的灌頂上。」說完還打了密勒日巴兩個巴掌，一把抓住他的頭髮，往門外直拖，怒氣沖沖地要他滾蛋。

再三的考驗與無數的刁難煎熬，密勒日巴對馬爾巴上師的信心毫無動搖，他自慚是自己的罪太大了，才會如此。可也果真如此，後來馬爾巴在時機成熟後對著大眾說他因要消其罪業才會故意給密勒日巴苦行。馬爾巴上師對密勒日巴的發怒和世間一般的發怒是絕然不同的，他過往對其所表現的事情都是為了法的緣故，為了讓其罪業在苦行中根本清淨。而密勒日巴也因為勇氣與信心俱足而不隨因緣起邪見。最後密勒日巴就在通過層層考驗苦難後，馬爾巴為他傳法，並為他命名「密勒金剛幢」的法名。

不失去緣起的心是無比重要！

自從西元一○七七年密勒日巴投到馬爾巴門下後，他經歷了六年零八個月的磨練，清淨一切罪障，成就了拙火大定「那洛六法」。

由於尊者過去行使黑業之故，所以他的修行所受的考驗也是非常殘酷，最後他不僅消了自己的業，且成就了自己後行菩薩道，給予無數像他一樣的凡夫無比的大信心與毅力的啟發：「有為者亦若是！」

密勒日巴尊者一生過著苦行僧瑜伽士的生活，以道歌傳教聞名，《密勒日巴道歌集》流傳於世，將法以其歌表達出來，感應人心至極。

他曾說：「我是一個博地凡夫，此生此世因刻苦修行而得成就。」因此密勒日巴尊者所說之法和所行之事有著深刻的人間味，聽聞者莫不得悟歡喜。他的一生因苦修而得成就，他長年在山洞苦行，不僅為了懺悔當年自身的黑業，他認為這種方式也是對佛陀最好的供養，是繼

1.密勒日巴尊者修行山洞，來自靈鷲山僧團的恆觀法師入內打坐。

2.密勒日巴石刻浮雕。（世界宗教博物館提供）

3.密勒日巴銅像（十三世紀），收藏於帕坦博物館。

4.5.在通往密勒日巴山洞時行經的美麗小寺廟。

承佛陀的宗風。密勒日巴尊者一生修行的地方均在尼泊爾山窟，共有約二十處山窟和八個山洞及山門的一些小洞穴等。

密勒日巴尊者所修的宗派和法要是所謂的「無上密宗」，但他的作風和精神處處顯示了原始佛教的樸實、艱苦與實修。

樸實艱苦實修，正是我們這個時代佛教徒所喪失的原味原型。

尊者長年以野蓍麻裹腹，皮膚竟成了綠色，獨自在山洞閉關數十年，只著一襲破舊白衫，悟道成佛的故事可說是修道行者的榜樣。而其最令人佩服之處還在於其終生不建廟宇，不集僧眾，他真正是做到了一個灑脫自在雲遊四方的行者，他並以自己的生平來示現，說明了小乘、大乘、密乘三乘的不可分離性。若無小乘的「出離」和大乘的「弘願發心」爲基礎，那麼密宗的妙法無非也就只是空中樓閣。尊者現身說法，以實修實例來說明如何漸次實踐並同時成就三乘教法。

尊者於一一三五年多季末月黎明，色身沒入法界體性，顯示了涅槃之相，年八十四歲。後來傳說許多年裡每逢紀念尊者的日子天空會現出長虹，且降落花雨，天

樂奏鳴，飄散異香，湧出奇蹟。

　　不論外相如何，尊者的一生已經是傳奇之最了，真是放下屠刀，立地成佛。幹黑業時可以幹得如此不眨眼，修白業時卻又是苦得如此淋漓盡致，好壞都在孤注一擲的全盤專注。沒有後路的死心，不退轉心，以及成就之後的菩薩心……，尊者為人間所有凡夫示現了一切的極致與成佛的可能。

　　我聽聞太多人說我們不是佛陀，我們不可能！聽聞太多沈迷藝術者說那是弘一法師律宗的苦修行徑，我們不可能！

　　我們對自己沒信心，這沒信心且是來自於懶逸的藉口，我們不是自暴自棄，要不就是自以為是，或是自認不足。

　　在密勒日巴修行過的山洞裡想著尊者一生的故事與修法之路，在陽光明豔裡突然想要學他縱歌。

　　想當年尊者的歌聲馳放，從山洞傳出，野放山林，定然是感天動地啊。

　　我的內心也如雷鳴巨響，唵唵啊啊吽吽……

　　一路上，從加德滿都穿越山城，來到了密勒日巴過往修行的山洞，車程約四十五分鐘，兩地相距十一點多公里，地點位在Sankhu。

　　到了村子裡，車子即無法前進，到密勒日巴修行山洞還得步行爬坡來回兩個多小時。

　　在密勒日巴修行山洞的下坡處也有座顯赫山洞，傳說是龍樹菩薩曾經在此修行。現今在平台處放著一尊龍樹菩薩石雕像，面目十分慈祥莊嚴。

　　朝聖者在密勒日巴修行山洞打坐一會，感受昔日尊者的殊勝。

　　還有當然是拍照，拜科技之賜，修行也大開方便門，許多朝聖者紛紛在此拍下照片，回去藉此冥想和感念密勒日巴尊者教誨與行誼。

1.Sankhu的居宅以紅磚為主。
2.密勒日巴尊者修行的村莊田野景觀。
3.龍樹菩薩石雕像。
4.Sankhu小山城風貌，人們在中庭活動。

旅途裡想著所讀的《密勒日巴大師全集》裡寫道：

　　我們這個人身一方面固然是血肉所繫，業果所牽，精神所執的一個混合物，可這個人身啊，對於那些有福德，有宿善的人們，確是一個無價的寶船。這個寶船將用來筏渡生死的河流，駛抵解脫的彼岸！對於那些作惡造罪的人們，這個人身卻是誘入惡趣的淵藪。同樣的人身作善作惡，向上向下，招來快樂或痛苦，卻如此的不同！我覺悟了──如何在分歧的道路有所選擇，如何運用這個人身，實在是人生中最重要的事！

　　皈依三寶，次第如法學習，以不退轉心，行菩提道，密勒日巴以一介凡夫，給予後人如我，悟道的甚深稀有啟示。

蓮花生大士修行山洞

　　這裡的眾生有的已死亡，有的疾病纏身，有的只剩一骨架，箭矢中的哀嚎並未斷絕，活著的勉強喘氣，健壯的正好逞強，這裡有五蘊的源泉。

——蓮花生大士

　　在加德滿都的帕賓（Popine）村落，城鎮已是郊區的偏遠山城，小山丘上盡是販售西藏五色經幡旗的小孩，見到旅客喊著一百盧比一百盧比。

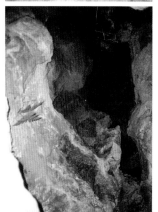

　　往山丘行，黃沙路，爬上石階，先經過一座喇嘛廟後，再扶階而上，山頂上有一山洞，即是蓮花生（又譯：蓮華生）大士修行山洞，明顯標誌是山洞石頭牆壁上留有一個巨大的蓮花生大士之大手印，此山洞是蓮花生大士成就普巴金剛法的地方（蓮花生大士在進入西藏前，在此山洞降伏諸妖魔，修成了普巴金剛法）。洞內極為低矮窄小，比密勒日巴山洞還要小些。

　　普巴金剛具無比大威力，可遮止一切鬼神、非人、天魔、惡咒之迫害，降魔息災。

　　蓮花生大士，通稱「蓮師」，是藏傳佛教的一大傳奇。祂是藏密開基祖師，也就是藏密第一代祖師。在西藏也稱之為烏萇大德或烏萇大師，只要提起藏傳佛教中的密法便會提及蓮師，這樣的一位大成就者，已蔚為一則不朽的啟示。

　　蓮師當時用一切之善巧方便來引導諸多有情進入金剛乘，蓮師並非是一般的博地凡夫，或一般的地上菩薩，祂是佛陀在世時即已授記之再生佛，因此蓮花生大士為阿彌陀佛、釋迦牟尼佛、觀世音菩薩身口意之化現。即彌陀化身，觀世音之法語，諸佛之心意，此即是「釋迦身、彌陀語、觀音心（身語意）」三密三聖三者融合一體之金剛應化身，因此蓮花生大士在整個藏密裡面被尊稱

爲咕魯（Guru）仁波切，咕魯仁波切也就是是上師仁波切，意味著一切密教的源頭是從祂而來。蓮花生大士是密宗四個教派的共同祖師。（仁波切，在藏語是「珍寶」之意）

　　蓮花生大士於釋迦牟尼佛涅槃後的八年夏曆七月初十日，在古天竺西方一個名爲「鄔金」的小國（即現在的巴基斯坦）一朵五色蓮花中化生，天降甘露沐其身（所以被後人稱爲蓮花生大士），其在蓮花化生爲其一大因緣，藉以度化難調難度之人、非人、天龍八部等。

　　當年的西印度國王聽說了此事特地親往海中蓮花上抱回宮中，立他爲太子，及長後且爲其選妃接續王位。某夜金剛薩埵菩薩告以：「當爲教主，毋作政王！」於是蓮花生大士便遜位，捨俗出家，師事當時佛陀世尊四大弟子的阿難尊者，受修了釋迦牟尼佛預囑傳付之法。

　　大士在苦行林靜坐，修行顯教五年，飛昇爲普賢王佛土，得「即身成佛」之法。後弘法，爲調伏剛強難化之眾生，現威猛相，一切天魔外道，聞名攝服。在印度、尼泊爾傳法度生，歷九百餘年，悲智雙運，從學者證果無數，蔚爲傳奇。蓮師於無始劫前已成就正等正覺，在圓滿雷音天鼓之報界身，蓮花生大師顯現了有如大海般的五佛部，五智慧之無量無邊智慧光。他所顯現的外相是顯露於不可數、不可量、不可算之有如虛空中之雲堆、雲庫，故祂又被稱爲「蓮花總持」和「大金剛海之化身」。

上圖：通往蓮花生大士修行山洞必經的藏人喇嘛廟。
左圖：《蓮師八變》唐卡。（世界宗教博物館提供）

　　根據史載約於八世紀中葉，蓮花生大士應西藏王赤松德贊派遣特使禮聘，由現今之尼泊爾請至西藏弘法。當時西藏流行苯教，篤信佛教的赤松德贊先是聘請印度那爛陀寺的寂護大師（Shantarakshita）來到西藏弘法，然當時寂護的說法卻無法說服苯教的勢力降服，因此赤松德贊才又敦請蓮花生大士來到西藏。

　　據悉蓮師接受邀請後，於前往西藏的一路上受到眾多

的當地神祇和妖精鬼魅等的阻攔，但最後都被蓮師的恩德一一攝受調伏，在雅魯藏布江附近的山上蓮師且招收了所有當時在西藏境內的一切鬼神，且令這些鬼神尊照佛陀的教誨，行使善法，西藏第一座佛寺桑耶寺傳說就是在眾鬼神的協助下創建而成的。

蓮師大約是在西元七三〇年於西藏創立密宗教派，由此藏傳佛教才得以發揚光大，直至十八世紀中葉佛法已遍佈西藏了。

一直到藏王過世，蓮師因嗣君尚年幼，於是，攝位俯政長達十餘年之久，當時西藏國土政教合一，如日中天，廣受民心愛戴，也為今日政制奠下了良好的根基。及至嗣君年長，大士感於緣分將盡，於是，預告行將入滅之日，藏王及諸臣和長老四眾，皆哀懇大士常住。大士對眾人說：「我無來去，為信我者，即現其前而為說法。每月初十日，我自來視諸弟子。」並為大眾略說心要，語畢吽吽聲，四天王從虛空捧一天馬下降，大士乃乘馬騰空入寂。

進入蓮師山洞，窄小，入內供燈，燈火如慧命，前人後人步步相續。

岩石牆面留有一個蓮師當年修行的大手印，眾人紛紛在手印前以手疊映其上，拍照留念。

那一刻，彷彿靈光一閃，得到了蓮師的加持似的內心充溢圓滿。

蓮花生大士大手印。

金剛亥母廟

顯教（大乘佛教）對金剛亥母不熟悉，但金剛亥母在密教修行是非常重要的，祂具有很多的象徵意義。加德滿都這座金剛亥母廟的聞名是在於這尊金剛亥母像有過曾經開口說話的傳聞。

金剛亥母廟就在蓮花生大師修行山洞的旁邊，先經過蓮花生大師修行山洞，再往山裡走，就可以抵金剛亥母廟，循著廟裡小木梯而上，來到半層樓高之處，聞到酥油燈的濃濃香氣，金剛亥母佛像亮著金澤，這尊佛像的特殊處是懸空而立，十分殊勝。在金剛亥母廟裡，三百六十五天天天都要煙供，不能斷火，因為相傳金剛亥母是五個顏色的火神，同時祂也是太陽神之一。因此進入窄小的廟內的時候，感覺裡面溫度很高，供燈不斷，煙火相續。

金剛亥母是藏傳佛教中的智慧度母，對於漢傳佛教而言卻是很難接受的神祇。但金剛亥母在藏傳佛教神系裡確是備受尊崇。在藏文裡祂的名字是多吉帕母「Rdo-jie-phag-mo」。母，顧名思義，此神表現的是女性的形象。目前見到的藏傳佛教眾神圖像中可以歸納出九種關於金剛亥母的變化形式，不過在唐卡或是佛像造像裡常見的有兩種，一是單身像，一是雙身像。單身像頭戴五骷髏冠，長髮披肩，臉黑（或紅）色，有白色紋路，三目圓睜，張口露齒，做威怒懾形象，最易辨認的是右耳

1.金剛亥母廟裡供奉的金剛亥母像。
2.金剛亥母廟雕刻裝飾繁複精細。

側突出一個豬形頭，因爲豬在十二屬相中屬「亥」，所以稱「亥母」，此即爲金剛亥母的標記。

雙身像，是金剛亥母和上樂金剛相擁而立的形象，在密教的無上瑜伽部中，上樂金剛是最重的本尊之一，受到嘎舉派、薩迦派和格魯巴派的尊崇信仰，金剛亥母就是上樂金剛的明妃，空樂根本，本質上是大手印，屬瑜伽母之一，爲修拙火之根本大法。

男女合抱的雙身像最容易引起不了解密宗者的非議，其實雙身像內涵深遠，在密宗裡合抱的形象一方面表示男女二而爲一，無所分別；另一方意義是男相表慈悲方便，而祂的明妃象徵著般若智慧，慈悲與智慧是成佛必備要素，悲智雙運，故以合抱表示。

「明妃」是舊譯法，現在大都譯成「空行母」、「度母」、「勇母」。梵文Sakti，藏文mkhai hGro-Ma，此即護持密乘行人及教法之女性護法、密乘護法、行者之伴侶及指導者，亦對一切修密乘的女性佛陀之尊稱，代表空性和慈悲，以女性姿態出現，意指化身所出天女相，行於天空，故名空行。如二十一尊度母或是尊勝度母、白、綠度母等。在《密勒日巴傳》及歌集或是種種藏密經典皆可看出，空行母實是密乘教法和修持的最主要主體之一，般若佛母即一切佛所出生處，是最高的空行母；智慧爲一切諸佛之母，亦表事業，一切諸佛護法及承辦事業。

可見空行母之重要。

此名詞應用漸廣，在廣義上密乘對女性密宗修行者皆稱爲空行母、度母。

修行人對空性或是般若有趨入者，大都會在夢中或定中見空行母種種示相。連顯教的憨山大師在其年譜中詳列其自己亦夢見過空行母示現。

無論單身像或是雙身像，金剛亥母的周圍總有四位或六位呈一面四臂的單身母（dakini）相伴，姿態完全相

同僅身色不同，顏色有赤、綠、黃、黑（藍、白）。

許多人一定不解為何是要尊崇豬神呢？其實在豬是作為三毒（貪瞋癡）之一「癡」的象徵，癡者，愚昧無明，金剛亥母單身像裡身掛骷髏項鬘，右手上舉鉞刀（或金剛杵），左手托著盛滿鮮人血的嘎巴拉碗（頭顱蓋骨），那把刀即是金剛亥母清除人之癡毒的鬥士象徵，鉞刀像刀又像勾，象徵祂已清除一切人的愚癡妄想，勾召人的內在空性智慧。

辨認佛像從法器最易認，金剛亥母的骷髏、乾枯的人頭和新鮮的人頭分別代表三毒，頂上有金剛杵，象徵金剛杵的威力降伏了貪瞋癡三毒之侵，周圍的火焰是智慧力量的化現，毀一切污垢障礙遮蔽，得真知定見。在姿態上，金剛亥母採丁字形舞步，右足懸空彎曲，左足踩踏著蓮花日輪屍體，意味著降伏人自身的「癡」毒，將內在空性智慧勾召出來。

金剛亥母最初是在嘎舉派中盛行，所以也是該派僧人修法時的主要本尊之一，相傳嘎舉派著名的祖師密勒日巴尊者即曾經親口說道自己依止的本尊就是金剛亥母，在尼泊爾密勒日巴所在修行山洞也正巧是金剛亥母成就之地，所以二者因緣極深。

密勒日巴的再傳弟子瑪吉仁瑪的父親曾經夢見瑪吉仁瑪右腮長出了個豬頭且還發出豬叫聲，因而被認定其子得了金剛亥母的加持。

密宗有很多的神祇受到印度教的影響，金剛亥母也是其一，在印度教裡有公豬神和母豬神，金剛亥母就是母豬神。在印度以農立國裡，母豬神代表著繁衍豐饒的象徵。保護神毘濕奴也曾化做公豬神救世，後來佛教在印度式微，當時的佛教也開始把印度教神祇納入阿彌陀佛的麾下，將金剛亥母集公豬神和毘濕奴神於一身，自此金剛亥母也具有毘濕奴神的太陽神性質。

密教盛行的時候，五方佛系統確立，毘盧遮那佛

上圖：密宗的五色祈福旗。
右圖：供燈是祈福的重要儀式。

（Vairocana）在梵文是「光明」、「遍照」之意，在密教教義上毘盧遮那佛是佛法本質的外顯，也是釋迦牟尼佛在密教中的形象，此佛也是太陽光芒的化身，是太陽神變化的形式之一，和金剛亥母的太陽神特質相似，因此金剛亥母進入了佛部，且後來被認為是毘盧遮那佛的化身，從此祂的地位更加重要。

到了密教晚期，毘盧遮那佛被五方佛的東方金剛部的不動佛取代，因此金剛亥母成為母續兩大本尊上樂金剛（Sam'vara）和四臂喜金剛（Hevajra）最主要空行母，從此金剛亥母的造像也就變得更多樣多彩了。

由於金剛亥母對有情眾生特具悲心，依之修習可速得加持，故修上師相應法時自觀為亥母，能迅速起相應。

其功德為：一、淨除煩惱顯俱生智。二、調柔氣脈證無死果。三、降伏魔仇攝十法界。

大披巾是尼泊爾人最常用的打扮。

老人是尼泊爾的智慧之寶。

浮雕裝飾的大門，是生活的美感。

◆藏密傳承略觀

西藏佛教是三乘（小乘、大乘、金剛乘）裡的金剛乘，以中觀和唯識為主。

分成四個教派，寧瑪──紅教、格魯巴──黃教、薩迦──花教，嘎舉──白教，在博拿佛塔旁邊可以見到花教的薩迦派喇嘛廟（Sakyapa Gompa）以及屬於黃教的格魯巴喇嘛廟（Gelugpa Gompa），格魯巴是達賴喇嘛系統。教派不同，喇嘛的衣帽顏色也有所差異。

藏傳佛教有著龐大的神系，成員繁多且型態各異，怒目猙獰、慈眉善目、三頭六臂……有的以憤怒尊顯現，有的形如常人。當中最特殊的是獸形神，此類不多，但影響廣大。像金剛亥母即是一例。

在藏傳佛教裡常會提到「本尊」（藏語Yidam）之詞，「本尊」是一些原型，是佛性的不同面貌。我們常見的唐卡畫中的本尊不是本自實存的神，他們象徵證悟的不同質地。本尊的臉象徵一元性，究竟。雙手代表慈悲與智慧的方法，常見的六臂代表六波羅密──布施、持戒、忍辱、精進、禪定、智慧，觀想這些形象是一種提醒而不是迷信，提醒靜坐者走上和佛陀菩薩同樣覺醒的路。象徵的形象可以讓觀者作為心靈進步的媒介，念頭先導向於一個單一對象，再次第把所有念頭的大宇宙歸於一，一再歸於無，使隨時像脫韁如野馬的念頭不會亂竄亂跑，如此長久訓練可以在生活中隨時保持高度的覺察力。

又例如貪愛執愛者可以修觀擁抱雙身形象的雙身本尊，常憤怒面帶黑色者可以觀忿怒本尊，愚癡者可以觀懸掛纓珞珍寶和裝飾著多頭多臂的菩薩，這些化身都同樣的智慧圓滿，只是以不同身形來轉化眾生的習性。

化身成不同的本尊是因應眾生具有不同的嗜好背景及因緣，為了向眾生開方便法門，鋪路說法，因此造像立相，演化各種因緣。就像早期印度藝術是「無偶像」的，早期的佛教美術常

1.佛足石雕。（世界宗教博物館提供）
2.法輪。（世界宗教博物館提供）

以佛足、佛座、菩提樹、法輪和佛塔等物體來象徵佛陀的精神。西元前後左右，印度藝術進入偶像時代，有了佛和菩薩像，佛教雕像在印度幾個王朝時因國力強盛也就更推波助瀾了藝術造像的繁複壯觀，不僅佛像繁複，也有了各種繁複的組合，呈現主題故事。

藏傳佛教的密教來源最早的背景是因為在印度笈多王朝晚期，佛教趨於理論，遠離群眾，信徒大量流失，有些人認為要佛教發展下去須與當時興盛的印度教精神合流，因而吸收了部分印度教的成分，對佛教形式加以改造，晚期的大乘佛教即是密教，特別注重壇場儀軌，持咒結印，供養禮拜等儀式。在造像藝術的表現上也受到印度教影響，多頭多臂、手持兵器和法器的護法菩薩等，呈憤怒像菩薩等等，和大乘佛教的慈眉善目與莊嚴寶相有了完全迴異的造像。早期佛教造像也沒有女相菩薩，也是受到印度教的影響女性地位不斷提升，有了女相菩薩，最後到賦予度母、佛母的尊號。

在密法裡灌頂是非常重要的開始，修密法之門，沒有灌頂不能修，灌頂在密宗裡宛如是施肥播種，為上師和弟子之間造就修法的條件與環境。所以我們常聽到某某某人灌頂即是此意，不過灌頂再多也得靠實修，否則也是無用的。這讓我不禁想到台灣人只喜（貪）做功德，但卻疏懶於植慧，這是造成一昧灌頂卻不知所灌為何的主因。

在加德滿都或是西藏會見到佛塔四方形基座，此為五方佛。每個方向皆有象徵的顏色和代表的佛：中央是白色毘盧遮那佛（創出一切相者），東方是藍色不動佛，南方是黃色的寶生佛（自然珍寶的所有者），西方是紅色的阿彌陀佛（無量光），北方是綠色不空成就佛（善巧成就者）。

常見尼泊爾佛塔的西藏經幡旗（五色旗），五色表五方佛和五戒，五色也各有意義：藍色對付瞋、紅色對付貪、綠色對付嫉妒、白色對付無明愚癡、黃色對付傲慢。

◆藏人在尼泊爾

　　直到今天，西藏人還是非常不喜歡中國人。我遇到多回這樣的經驗，都得趕緊表明來自台灣，這時他們就顯得很親切。

　　中共在一九五○年入侵西藏後，造成了西藏人民的浩劫，過去二十多年來西藏人飽受暴力、屠殺、毀寺、飢荒困苦，因而當時約有十萬名左右的西藏人逃亡至印度他地，精神領袖達賴喇嘛即是其一。而從家鄉翻越喜馬拉雅山進入尼泊爾的藏人也在一兩萬之間，目前的在加德滿都所遇見的西藏年輕人都是流亡者的後代，他們生活在尼泊爾難民營的時間已經很長了，後代除了面貌酷似西藏人外，在生活上也都還維持的西藏方式，信仰佛教，每天繞佛塔，供養喇嘛，家家戶戶也都懸掛著達賴喇嘛和十七世大寶法王的照片。藏人在尼泊爾生存的方式，我所見到的通常都是依賴開餐館民宿和手工藝，尤其是西藏地毯遠近馳名。

第十七世大寶法王孩提照片流傳在尼泊爾藏人家中，並寫著竟成了中共政權最年輕政治犯的諷刺字句。

　　在加德滿都有一西藏地毯中心，過去四十多年來，西藏的地毯已經從家庭手工業發展成重要工業，也是尼泊爾著名的出口產品，許多人到加德滿都定會參觀這個地毯中心，看看藏人超高耐力的手工精神與精細的手藝。

　　成功的羊毛與地毯工業和喇嘛教宗教中心可以說是尼泊爾藏族的兩大自給自足的方式，一為物質產業，一為精神產業，二者不可或缺。

　　由於寄人籬下的感受並未消除，因此流亡者總是心懷家鄉，或者他們也會致力於將後代送往美國等地，而有些年輕的藏族迷失在加德滿都的城市酒吧裡也可說是另一種苦悶的象徵。

　　特殊的現象是此地藏族往生者的家族成員會盡力想辦法帶著往生者的遺灰或是遺願去拜見停留在北印度的達賴喇嘛，他們希望亡者能夠受到達賴喇嘛及大寶法王的祝福，許多流亡的藏胞見到達賴喇嘛時都會情不自禁地受到精神撼動與感召，眾多無依受苦者且當場痛哭起來。

　　我所認識的藏裔青年渴望去西藏，他們覺得身為西藏人卻從沒到過西藏實在是很丟臉，藏人相信無論他們生在何處，西藏永遠都是家的方向與所在。

右圖：毘濕奴的宇宙形象。（世界宗教博物館提供）
左圖：尼泊爾山城子民微笑容顏。

◆尼泊爾的印度教與神祇

　　尼泊爾其實主要是信奉印度教，來自於印度的信仰和傳說充斥著古國的每塊磚瓦，整個尼泊爾近代的宗教與藝術都是從印度教衍生而來的。

　　連在印度教的信仰與傳說裡，佛陀都是保護神毘濕奴的化身之一，所以我在印度看到印度人也膜拜佛陀的情形，在尼泊爾亦然，此地許多的佛塔和佛寺同樣受到尼泊爾人的虔誠膜拜，且印度教與佛教寺廟亦常有空間疊合的情形。

　　常見的畫面是印度教教徒捧著鮮花、水、米、蔬果和蒂卡粉來到寺廟膜拜，拜完之後他們會將紅紅的蒂卡粉抹在神像上，因此旅行其中常見此間神像流著紅紅如血漬般的痕跡，顯得詭異怪誕，此即是印度教教徒同時也膜拜佛像的主因。

　　印度教的神祇眾多，再加上無數的化身，簡直是認識不完。但只需認識三大神祇即可大致明瞭寺廟所供奉的對象，三大神祇分別為：創造神梵天（Brahma）、保護神毘濕奴（Vishnu）、破壞神濕婆（Shiva），寺廟大都供奉毘濕奴和濕婆神的化身，像毘濕奴的化身常見的有納拉揚（Narayan）、羅摩王子（Rama）、庫里須那（Krishna）……而讓人敬畏的濕婆神化身有摩訶黛（Mahadev），且其身旁定然會同時出現男性生殖器靈迦的造型，人們總是祈求著希望，有著靈迦般的強壯性力與繁衍豐饒。

　　在寺廟的斜柱上常見的雕刻是濕婆神與妻子帕瓦蒂（Parvati）化身的戴維性力女神交歡之景，此和印度教教義結合生育、性力等多重意義有關。但並非代表尼泊爾人的性開放，相反地尼泊爾人態度保守，尤其是女人。

　　而常見到的動物都是神祇的座騎，像見到猴神（Hanuman）和鷹（Garuda）就是屬於毘濕奴的，見到公牛南迪（Nadi）就是屬於濕婆神的座騎。而最常見的象神是干尼許（Ganesh）是濕婆神和帕瓦蒂之子。

　　尼泊爾的寺廟的名字大都是取自三大神祇的化身，有時連地

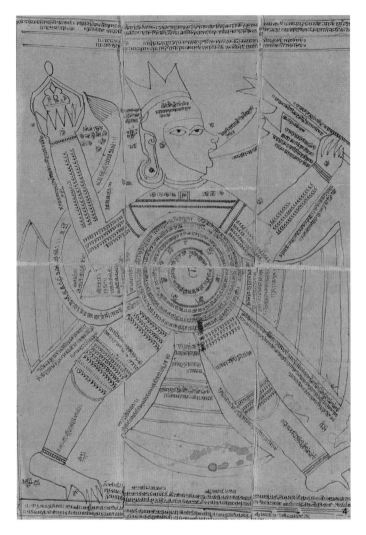

1.毘濕奴。（世界宗教博物館提供）
2.毘濕奴浮雕。（世界宗教博物館提供）
3.毗濕奴和祂的兩個妻子。（世界宗教
　博物館提供）
4.印度密教的猴神。（世界宗教博物館
　提供）
5.印度太陽神雕像。（世界宗教博物館
　提供）

名和貴族後代也常是取自神祇的化身名字，例如著名的安娜普
那山脈，安娜普那（Annapurna）即是濕婆神之妻帕瓦蒂的化
身。在加德滿都的因陀羅廣場，因陀羅（Indra）是雨神之名。

　　三大神祇和化身之外，其他常見的神祇有：恆河女神剛迦
（Ganga）、火神阿奇尼（Agni）、太陽神穌里雅（Suriya）、蛇神
那迦（Naga）等。

回到瓦古之初的佛教城

帕坦Lalitpur，原意是一座美麗的城市。

如今美麗依在，

甚至建築的歲痕都還保留著典雅氣息。

因為改革步調幾乎不存在之故，

貧窮讓此國度的城市還展現一種古老的風情，

走在帕坦仍有回到中世紀的感受。

帕坦（Patan）是加德滿都盆地最早開發的城市，位於加德滿都南方八公里處，是谷地第二大城。在渡過了流至尼泊爾境內的恆河支流巴格瑪堤河之後，此城市即躍然跳入視覺。帕坦建立於西元三世紀（AD.299），當時被命名為Lalitpur，意思是一座美麗的城市。

　　如今美麗依在，甚至建築的歲痕都還保留著典雅氣息。因為改革步調幾乎不存在之故，貧窮讓此國度的城市還展現著一種古老的風情。

古老藝術之都

　　帕坦的居民以尼瓦族（Newari）為主，大街小巷布滿藝匠，從事著雕刻、繪畫、金銀銅器工藝等，如果不是商家、藝匠者，就是從事農耕。

　　此城的人家多設有小型精工工作坊，以精雕細琢技術著稱，因此也有人把帕坦稱為精緻藝術之都。

　　循著和加德滿都一樣的舊王宮杜兒巴廣場走去，從廣

左圖：宮院中央有座石造建築和雕刻。
下圖：帕坦古城，是世界最古老的佛教大城。

場放射出去，即可抵整座城市的四周邊界，廣場被數座寺廟環繞，許多木雕裝飾的建築物一棟又一棟地展現眼前，若是得閒，可得欣賞好些天才能一一細覽。

帕坦展現著富麗堂皇的雕刻建築，傳說西元三世紀阿育王曾在此創立了佛教城，帕坦因之被譽為全球最古老最完善的佛教城。帕坦在很早以前即是獨立的尼瓦王國，因此宮院寺廟遺跡甚多，在馬拉王朝（Srinivasa Malla）十六至十八世紀帕坦城內更是大興土木，如今所見的古蹟大都是建造或重建於時期。帕坦擁有大小佛寺一百三十六座，光主要的寺廟就占有五十五座之多，因此帕坦被認為是加德滿都谷地真正的藝術與建築搖籃，是佛教與傳統藝術工藝的集散地。

目前，走在帕坦仍有回到中世紀的感受，幾乎城裡沒有太多的改變。於今佛寺和濕婆神神廟並置，但濕婆神廟可說是屬於現今的生活層面，所以通常位在尋常人家的巷口處，小巧而立供人經過膜拜。而佛寺反而是屬於觀光層面的，許多的觀光客在大型佛寺前徘徊取景。

帕坦的工藝街擺滿了各式各樣的工藝飾品，有時彎進某個小巷及會晤一尊佛像一雙滄桑的手正在打造聖物。來此朝聖的佛教徒絡繹不絕，來到帕坦的佛教徒幾乎都會請一尊和自己有緣的佛像回去，因為帕坦的精工藝術讓人讚嘆外，價格便宜也是主要原因。

繁忙步履的人們如流水般地來來去去，四周有著宛如回音不斷懸宕不移的喧嚷音量游移在我的耳膜。我愈來愈習慣生活在吵雜高分貝密度的小城小巷，我想是因為不論加德滿都或是帕坦的人車如流水裡總能不斷邂逅美麗的街角與古物的歲痕……

門面之美：帕坦古城美麗的木雕門、彩繪門，連門牌都有創意。

舊王宮杜巴兒廣場四周遊

　　外來旅客一入廣場即需買票，旅客毋須找售票亭，因為售票員自己會找到進入廣場的旅客，他們當然可以分出本地和外地人。

　　在觀光客還沒進來前的清晨，杜巴兒廣場其實是當地居民的一天活動開始的場域，賣奶茶煎餅煮蛋的早餐小販、賣蔬果、乾果小販將貨物擺在地上，人們彎腰起身，起身彎腰，這樣的姿勢一天總是要持續好幾回，因為這裡的小販即使連煮早餐的小販都是擺在地上就開賣起來，人們端著杯碗坐在台階上就吃了起來，無桌無椅，天地很大，到處都可入座。這裡還存在以物易物的原始交易，從山區來的人家額上頂著裝滿木柴的籃子和小販們換取糧食或是一些民生必需品。

　　小販們以婦女居多，邊帶小孩邊煮著早餐者多，甚至一邊餵奶者也偶可見。至於男人們好像都有點遊手好閒的樣子，常見他們靠著寺廟門柱哈著菸，聊著天，有的則是在等著上工的機會。

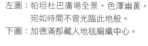

左圖：帕坦杜巴廣場全景，色澤幽黃，宛如時間不曾光臨此地般。
下圖：加德滿都藏人地毯編織中心。

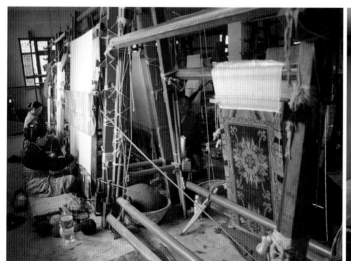

　　早上過後再進入杜巴兒廣場看到的景象就比較觀光化，販售紀念品的商店陸續開門，以木板桌子為攤位的小販也開始擺著各式各樣的物品，木雕、法器、手鐲、鑲嵌物、編織布包、帽子、黃銅銀器等工藝品散出吸引觀光客的異國情調姿態，餐廳和咖啡館也開始營業，而有別於當地人穿著的各國觀光客也開始入侵帕坦。

　　帕坦的交通為南北向和東西向，將城市切割四個地理方塊，杜巴兒廣場和王宮即位在此四個區域的交會點。所以杜巴兒廣場是開始遊蹤之地，除了著名的帕坦博物館旅人萬不可錯過外，從廣場的東西南北側四方遊走，慢慢地逛，是認識帕坦的一個方式，遊逛前可以先逛帕坦博物館，並在館內順便買一本帕坦導覽書，否則城市如迷宮，加上名字拗口難認，有了簡介比較有所概念。

廣場東側──慕兒宮院、舊皇宮、馬尼凱夏普那拉揚宮院等

杜巴兒廣場東側宮院居多，水池、鐘塔景致其中，慕兒宮院（Mul Chowk）是其中三大宮院裡最古老也最大的一座，印度廟年代約是一六六六年，慕兒宮院的主體建築物以紅磚媒材為主要結構，搭配著木門窗櫺，上刻精細圖騰。

舊皇宮（Royal Palace）就在慕兒宮院的北側，最早建於十四世紀，主體宮殿建於十七、八世紀，舊皇宮前面有一座得古塔壘（Degutalle Temple）五層樓寺廟，宮院的南方，則有一座特殊造型的八角形塔壘珠（TalejuTemple）寺廟，塔壘珠寺大門兩側有兩尊雕刻得極為精緻的銅像，銅像分別是騎龜的剛迦女神（恆河女神，Ganga）、站立在鱷魚背上的嘉慕娜女神（Jamuna）。

舊皇宮北側是馬尼凱夏普納拉揚宮院（Mani Keshab Narayan Chowk），華麗的黃金門為此宮院的一大矚目焦點，黃金門門口蹲踞著兩座石獅。門面四周裝飾著鍍金的神像雕刻，這座宮院完工於一七三四年，已經部分開放成帕坦博物館的部分展場，展示著珍貴華美的佛教文物與印度教工藝藝術等。

在廣場東側雕刻成鱷魚頭形狀的石造水池，常見當地婦人小孩在此洗衣沐浴戲水。水池前的神龕支柱上裝飾著性愛主題的浮雕，襯著水聲嘩啦倒是非常人間一景。

廣場西側──庫里須那廟（Krishna Temple）

西側最顯著的是一棟八角形的石造建築庫里須那廟，石造寺廟在尼泊爾是很罕見的，建築受到印度影響，屬於南印度風格，帶點伊斯蘭的蒙古樣式。建於十七世紀，由一位國王的女兒所建，是為了紀念跟著國王火葬的八個妃子。寺廟階梯兩旁各立一隻石獅，許多尼泊爾男人常坐在此八角形的階梯上閒聊或休憩。

上圖：供燈是祈福的重要儀式。
左圖：舊皇宮外的石造水池（Manga Hiti），當地人常在此洗衣戲水。

杜巴兒廣場的雕刻建築與寺廟。

千佛塔四周是傳統的帕坦民居，佛像雕像林立，一名尼泊爾婦大行經，披了袈門時不巧把不願意入鏡的她拍了進去。

庫里須那（Krishna）是保護神毘濕奴的化身之一，也就是黑天尊者，神廟前面黝黑天尊者的守護動物，一隻鷹的石像。廟周圍雕刻有取材自印度教史詩的《羅摩衍那》中的故事。

至於建造成八角形不知是否意味著弔祭隨同國王殉葬的八名妃子，數字倒是頗為巧合。

在庫里須那廟後方有座白色的印度廟拜伊德家寺（Bhai Dega），小型的廟內供奉著象徵濕婆神生殖力的陽具造型靈迦。

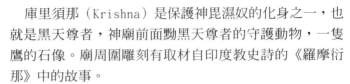

廣場南側──桑答里宮院

桑答里宮院（Sundair Chowk）位在庫里須那廟的對面是廣場宮院裡最小的，約建於一六七○年，宮院大門口有濕婆神之子象面人身的象神甘尼許（Ganesh）、猴神哈奴曼（Huanuman）和獅神那辛（Narsingh，保護神毘濕奴化身之一）的石像立在宮院大門的兩側，守護著宮院。

宮院中央有座石造建築和雕刻，皇家浴池的池壁裝飾著兩排小的雕像，流水從鍍金的海螺形石造出水口流出。四周的三層樓建築有座寺廟，雕刻當然是主要的表現方式，鍍金和象牙雕刻的窗戶展現著當年皇宮盛景。

廣場北側──比須瓦那斯寺、比牡森寺

比須瓦那斯寺（Vishwa Nath Mandir）有著雙重的屋頂為其特色，Vishwa也是破壞神化身之一，該寺建於一六二七年，台階入口兩側分別有一隻石象，斜柱尚有濕婆神的雕刻神像。

比牡森寺（Bhimsen Mandir）三層屋頂的紅磚建築，比牡森是主宰能力和勇氣的神祇，環繞寺廟四周是手工藝的小販市集，遊客常常逛著四周的藝品而忘了有此寺廟的存在。

廣場東南方──千佛塔

經過許多打造佛像與販售佛像的小巷，技師們依照著千年前的方式完成一件件純手工的雕像，他們不斷地以鎚子敲打形塑著金屬界面，那是一雙讓人起敬的勞動者之手。續拐入一條陰暗窄小的巷弄後，突然視野被一高聳物罩住，鼻息也聞到了大量燃燒酥油的味道。這時摩訶佛陀寺（又名千佛塔，Mahabuddha）端然在前。

千佛塔位在杜巴兒廣場的東南邊，千佛塔有許多小通道可以對外連通，這些小通道於今都是充斥著古董與佛像物的小店，佛教與印度教的神明與神秘的動物造型在

1.帕坦杜巴兒廣場的庫里須那寺，廣場中央豎立一根木頭柱子，顯眼的是上面立著金色的神鷹Garuda雕像，Garuda是破壞神的座騎之一。
2.帕坦杜巴兒廣場西側的印度廟外一景。
3.帕坦印度廟。
4.宮院中央有座石造建築和雕刻。
5.比牡森寺（Bhimsen Mandir）三層屋頂的紅磚建築，比牡森是主宰能力和勇氣的神祇，環繞寺廟四周是手工藝的小販市集。
6.千佛塔寺內供奉著釋迦牟尼佛。
7.通往千佛塔的狹小窄巷。

在千佛塔外的金剛杵，信眾燃燈供佛。

陽光下閃閃曳曳，金銀銅的光澤吸收陽光再折射到木雕門楣上，使得環繞著整個千佛塔的四周浸淫在一種古老光輝的情調裡。

千佛塔正殿外擺置一個巨大的密宗法器：金剛杵，銅製手工打造，是我目前見過最大的金剛杵法器。金剛，是永恆不壞之意，在藏密裡到處可見此字，以及諸多金剛菩薩，像是金剛薩埵等。

千佛塔正殿陰幽狹小，殿門處有個人專門幫信眾收錢供燈，大中小酥油燈從一百盧比到十盧比不等，點燈如開明覺之路，照亮一切所遮之暗。

狹窄的庭院和一座高聳的幾何形磚造結構的寺廟中立著摩訶佛陀寺，在細節上可以見到內外部裝飾著顏色彩目的赤陶飾板，飾板述說著佛陀的故事。這座寺塔約建造於十六世紀，曾經在一九三四年遭到地震毀損，後再予以重建。重建後多了一座小型的幾何磚造佛寺，此小寺廟供奉著佛陀母親摩耶夫人。

再往南走有另一座僧院名為屋庫寺（Uku Baha1），鍍金的屋頂和動物雕像為其特色，寺

院的兩側牆面的雕刻圓柱係十三
世紀的作品，最早的紀錄顯示此
寺從西元一一一七年就存在了，
如果依照此一記錄那將是帕坦最
古老的一座寺廟。

廣場最南端──銅器街

　　之後，我繞到杜巴兒廣場最南
端的銅器街（Copper Street），旋
即又聽到之前那打造銅器的敲敲
打打聲響，此街坊的店鋪大都設
有自己的工作坊，尼泊爾處處可
見的民生用品即是用黃銅材料打
造的，也是許多加德滿都居民至
此購買銅器之地，滿滿的銅器品
高懸入口門楣，水壺、茶具、拖
盤、鍋碗、花瓶、燭台等等，有
的隨風相撞，發出成熟的低沈音
量，常讓我恍然以為自己生活在
古老的年代。尼泊爾人是惜物
的，我看他們生活用品都是一用
用上一代以上，至於這些黃銅器
皿更是經久耐磨，愈用愈美。穿
著美麗紗麗的姑娘頭頂著大大的
黃銅器皿，身材婀娜地搖晃而
過，幾乎不會灑下一滴水，真是
讓我看得目瞪口呆，片刻裡只是
呆呆佇立。

　　心想真是把生活的勞動提升到
美麗境界的子民啊。

進入帕坦博物館的銅雕大門，精細華麗
得令人不捨移開目光。

1

2 THE MUSEUM BEHIND THE GOLDEN DOOR

3 THE MUSEUM ENTRANCE IS BEHIND THE TEMPLE.

1.帕坦博物館原是座宮殿。

2.3.帕坦博物館門票，當地人只要十元
盧比，外地人卻要二百五十元盧比
（Rs.）。

4.帕坦博物館牆面。

5.帕坦博物館牆面其中一面，展現皇宮
昔日雄美之建築。

6.從二樓俯瞰博物館中庭。白色小佛塔
立於其中，寧靜肅穆。

黃金寺廟

　　黃金寺廟（Golden Temple）也是有著三層屋頂的寺廟建制，以金屬雕刻聞名，極端華麗裝飾風格，展現精緻的銅雕藝術。在當地又稱為克瓦寺（Kwa Bahal）或西拉那瓦納寺（Hiraya Varna Mahavihar）。

　　黃金寺廟的中庭即是閃曳著耀眼亮光的金色小廟，屋頂和屋簷的鍍金雕飾吸引著我的目光，寺廟後面的銅雕也讓人不捨移位。付上香油錢便可以入內參觀，寺廟裡的人員會帶引參觀者到二樓的喇嘛寺，從二樓可俯瞰整個中庭。

　　黃金寺廟和千佛塔一樣周遭環繞著許多的小店鋪，小店家販售著佛像雕刻精工銀飾和唐卡文物等。

帕坦博物館

　　帕坦市最重要的景點是帕坦博物館，精雕細琢的博物館建築讓我在那裡待上一整日，建築的本身就是個巨大藝術品，博物館本身過去是馬尼凱夏普·那拉揚宮殿，因此昔日奢華氣派猶在雕樑畫棟裡喘息著龍顏聖尊，繁

複華麗的浮雕大門旁蹲立著兩尊石獅子，即是當年王宮貴族的標記之一。

我光在門口就按了數張快門，那個門所望進的宮殿內景恰似有一種幽微不勝的氣質，建築在陽光下倒影出許多的彎曲線條。從黃金門穿進，空曠的中庭圍繞著四面三層式樓閣，每層樓的窗景皆是往外推開式，窗框斜撐著木雕的柱子，幾個穿紗麗的婦人或穿行經窗景或恰倚在窗櫺眺望某處時，真是悠悠時光不曾離去，滿庭仍芳，蔓草未荒。

博物館的收藏品超過一千五百件，永久性展覽有兩百多件，展覽空間雅致古典，小巧宜人，細細瀏賞展品絲毫不覺得累，甚且有一種身在宮院之感。博物館共分三層，主展覽品分為佛教文物、印度教文物、工藝品和尼泊爾的歷史文物等項目，在主展覽館的旁邊側館則定期換展，有時候是尼泊爾的歷史圖片文物展，有時則是攝影展等。

博物館底層的拱廊和主樓梯內的展覽櫃，展示著西元七世紀中葉到十九世紀尼泊爾的代表性石雕和印度寺廟的木雕。在博物館的第一層樓分有五個展覽室，其中A館以印度教和佛教的歷史介紹為主，在這個展覽室裡可

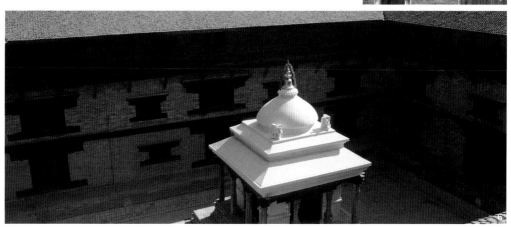

1.從帕坦博物館二樓小窗拍出的幽微古
　老一隅。
2.入口的「PATAN MUSEUM」標示。
3.破壞神濕婆和妻子的銅雕像作品,約
　十六世紀。
4.帕坦博物館內部展示空間古典雅緻,
　標示清楚。
5.精細的經卷繪畫,是十七世紀左右的
　作品。
6.西藏風格影響了尼泊爾的銅雕像藝
　術,此為白度母(White tara of the
　seven eyes)銅像,十八～十九世紀作
　品,來自於西藏。
7.華美精細的銅面象牙柄仕女手提面
　鏡,一七三三年作品,展現尼泊爾的
　銅製與雕刻藝術。

以見到印度教破壞神濕婆神和妻子帕瓦蒂、象神甘尼許
等印度教主要神祇雕像,我喜歡瀏賞這一層樓的銅雕、
青銅片和繪畫等藝術品。值得一提的是在手稿M展覽室玻
璃櫃內幅有幅陳列著長達兩公尺的圖表繪畫,畫著唯妙
唯肖的人體和印度瑜伽,栩栩如生。

　　上了帕坦博物館的第二層後,走到陽台外,看向中
庭,可以收盡整座博物館的主體景觀,我且喜愛第二層
樓的窗景,木窗往外推,旁邊是長條木椅,倚在長木椅
休憩片晌,街上的生活景象宛如一格一格的放映般,外
頭陽光烈豔,博物館內燈光昏黃幽微,裡外是同一個世
界,但卻感受完全兩樣。

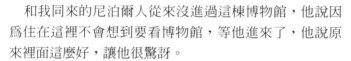

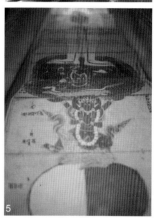

　　和我同來的尼泊爾人從來沒進過這棟博物館，他說因為住在這裡不會想到要看博物館，等他進來了，他說原來裡面這麼好，讓他很驚訝。

　　在博物館的第二層一樣分有五間展覽室，E室的展覽如佛教歷史的小縮影，從佛教歷史的發展和文化切入介紹，再以陳列著佛塔模型和佛塔圖表、佛陀雕像、佛陀紀念碑等物以臻完善。D室屬於印度教文物，從吠陀神到近代神祇Siddhi、Ladshmi等，神祇極為多樣。C室屬於尼泊爾金屬雕刻工藝，大都來自帕坦地區的傑出之作。

　　登上第三層樓沒有什麼展覽品，但是登高望遠，可俯瞰博物館下方的杜巴兒廣場景觀，以及這座博物館中庭宮院的建築造型藝術。

　　慢慢瀏賞整座博物館後，我踱步到博物館後方花園的咖啡館歇息，整個咖啡館空間頗有禪意，竹林流水造景，木桌和竹編椅子得宜，案上隨性插上幾朵摘來的小花，古樸的牆垣及雕刻就在周遭，這是我極其喜愛的一家咖啡館。難得有的安靜，身處忙碌討生活的城市，突然覺得像個十足觀光客地坐在此寧靜咖啡館感到一種悄悄富足的不安。

生活在藝術與美感氛圍裡

尼泊爾古國，隨處可和生活的美相遇。

生活的藝術性就是展現手工技藝與傳承精神，

物質在此因為融入了生活，

而有了本質的力量。

銅製器皿是尼泊爾人生活常用的工藝品。

也　許他們不覺得那是藝術，我相信這應該不是也許
　　而是確實，生活在他們就只是生活，藝術這個名
詞離他們遙遠且模糊。但他們生活的周遭事物在我看來
無一不是那麼地靠近藝術，或者也許該說一切是那麼地
靠近美。各式各樣的美，因為貧窮而被保留的大量手工
製物，體現了緩慢時代的質感。

　　就連我在通過兵營臨檢時，兵營的兩端竟然放置著兩
個大的銅製器皿，上頭插著一大把的野花。生硬的軍服
在手工銅製器皿的花豔絕色下突然顯得溫暖起來，忘了
戰爭在暗處悄伏潛埋。

　　這是一個全面具有美感的國家，美感經驗來自於生活
本身的承傳，這工藝的代代相傳之得以維繫，竟然是因

爲生活的貧窮，以及未被資本主義過度開發的緣故，手
工藝及勞動精神還在這個國度的普世生活，展現在庶民
用品及衣飾等細節裡，特別是織品、雕工爲尼泊爾人所
擅長，現今世界最好的銅錫等佛像雕工，可以說是在尼
泊爾。

尼泊爾的生活工藝面貌

　尼泊爾古國，隨處可和生活的美相遇。生活的藝術性
就是展現手工技藝與傳承精神。物質在此因爲融入了生
活，而有了本質的力量。

　很多朝聖團體或寺廟都特地到尼泊爾請佛像，不僅僅
各式各樣的佛像和菩薩像皆備，手工雕刻更是精細，而
且價位也便宜許多，尤其在離首都加德滿都南方八公里
處的小城帕坦（Patan），更是尼泊爾之雕刻與金屬工藝
重鎮。

　　尼泊爾的城市中心都有個命名為杜兒巴（Durbar）的廣場，杜兒巴廣場是城市中心，只要有城就有廣場，廣場也常是觀光客尋訪的初站，在杜巴兒廣場鄰近常可耗掉一天，若是喜歡尼泊爾工藝品，杜巴兒廣場四周集結著無數小店與小販也是採買工藝品的一大中心。

　　除了因信仰而締造的建築之美外，生活和工藝更是分不開的，生活裡有工藝品味，工藝展現了生活細節。在尼泊爾可以欣賞和採買哪些工藝品呢？說起這個問題，簡直要如數家珍才行。

　　銀飾、蠟染、編織、羊毛製品、紗麗、蜜蠟天珠、手工製紙、木雕、銅雕、手工藝器皿、佛像、唐卡、西藏法器文物、西藏地毯、面具、樂器、彎刀等。舉凡在此廣場四周皆可見到一般性賣給觀光客的工藝紀念品，在這些攤位上當然談不上看到什麼佳品，但若不以收藏眼光看待，不失為美麗的生活工藝用品。且由於工藝品過於集中且雷同之故，所以當身處這些市集並不易瀏賞，但顯而易見的是如果擺在台灣許多工藝品將顯得具有某種生活之異國情調品味。

左圖：手工藝品四處可見。
下圖：帕坦工藝品店、面具、銅缽等工藝品。

生活之美與飽和顏色潑灑在古老的土地上。

在尼泊爾常見西藏流亡人士販售著來自西藏的飾品、工藝品等。

　　事物置換場域，性格通常也跟著演變。我想的是，這樣一個低收入窮國，工藝美感經驗的傳承靠的是未走進全球化，人類趨近文化雷同在求異質的創作者看來無疑是另一種精神災難。

　　仍然活在種姓制度與鎖國的國王體制下的尼泊爾人，保住了古老的生活方式，神秘秘境一直是其吸引外國人拜訪的主因，然而我們走進他們，他們卻渴望出走，門裡門外，匱乏成了嚮往的一種內在驅動力。

　　與其說緩慢的手工業是因為貧乏而被保留下，我倒更願意說是因為信仰讓尼泊爾人更懂得將美注入生活中。

　　由於信仰之故，此地的雕刻肖像都和神明的像有關，絕少有皇宮貴族肖像，那更別說是一般平民肖像畫了。至於現今在一般的飯店和餐廳所懸掛的是上任國王，發生在二○○一年六月一日王儲因娶妻問題與父母意見不合而在王宮內舉槍殺死十一名王室成員而後飲彈自盡的消息，當地人至今說起仍然覺得傷痛，尼泊爾人對於被槍殺的國王非常地愛戴。

　　這是我唯一在尼泊爾看到被懸掛起來的人物肖像畫。

　　一般說來此地所見的神祇畫像並無創意，因為畫師受到嚴格的制式化規定，舉凡神明的姿態手勢和外表都有細部的表現手法規定。

　　尼泊爾整體雖然赤貧，但是在這樣嚴苛的自然條件裡，人們並沒有喪失對信仰對生活之美的落實。許是這樣的古國精神，讓外來者也不敢輕忽對美的敬仰，對美的呼喚。連來到此地投資的西方凱悅大飯店竟讓我驚艷不已，此飯店內內外外皆展現著雕刻美感，穿過鑲嵌著金亮如黃金門的大門，進入庭園造景和迴廊，乍然以為是來到了某個優美宮院，甚至不少飯店大廳如凱悅中庭都設置仿古的舍利塔，舍利塔外裝飾著佛陀故事浮雕，斜陽透過透明玻璃灑進中庭，每面浮雕皆浸潤一種華麗莊嚴的情調，旅客落腳於此都安靜了。

　　吸收外資卻不讓外資改變他們，尼泊爾人兀自生活在千年以前的古國氛圍，維持的代代相傳的古老工藝技術，城鎮風貌因為這樣的古老情調和緩慢技藝而不至於被西方資本主義改變，是外來者來此被改變了，尼泊爾被改變的地方說來實在是很少的。變與不變，幸或不幸，無由定論，但就美感的獨特性而言，這樣的獨特性是因不變才得以被保留下來的。因為人民生活情調普遍如此，導致外來者即使夾帶強大資金，還是遵從著此地的美學整體氛圍來建設，這不禁讓我起了很大的感嘆。

　　只有自己摒棄自己的文化與自身獨特美學時，外來者才有空間可以大舉侵入啊，自己都不重視美麗的古老東西，外來者當然就要抱著嘲笑的心來為他國的風貌與精神改朝換代了。

雕刻與鑲嵌工藝

　　尼泊爾工藝不論過去或現在最受到世人推崇的是他們的製造佛像的技術，鍍金、銅製和青銅、銀製的鑄造神像隨處可見，他們採用的是有著上千年歷史的古老「脫蠟」（Cire Perdue）技術。

　　脫蠟技術是將蠟製的模型做好塗上了黏土，於是有了鑄型，之後將蠟溶解瀝乾，再將溶化的金屬倒進模型內等待冷卻成形，撬開模具後鑄像焉然成形，最後技工再修飾雕飾細節。製作大型的佛像靠的是許多分解模型的部分製作，最後再將每個部分拼貼在一起完成。

　　雕像可以分別鍍上金色或者也可以鑲嵌寶石，綠松石、珊瑚、瑪瑙是常見的鑲嵌物。

　　脫蠟技術之外的另一個古老技術是凸紋製作技術（Repousse），這項技術完全靠手工師傅錘擊金屬片，依手工錘擊出各種風貌的凸版設計，這項技術常表現在寺廟的裝飾物上，例如鐘或器皿等。人們所配戴的細緻配件也常見。

下圖：石頭在此是常見的媒材，此為浮雕藝術的展現。

　　尼泊爾本身即有著豐富的寶石資源，以銀飾珠寶著名，金銀飾品通常鑲嵌半寶石，另外像電氣石、紫水晶、石榴石、紅寶石、藍寶石、琥珀也廣受喜愛。

　　石雕、木雕藝術也是常見的技藝，石頭在此是常見的媒材，一般的藝術家最常以此鍛鍊雕刻手藝，尼泊爾的舍利塔常見浮雕藝術，在公共露天水池的各式造型的水龍頭常可見到精緻的動物石雕。

佛教繪畫藝術

　　在加德滿都，也常見到技師在路邊畫著「唐卡」（Thangka），吸引著許多人的圍觀。

　　唐卡藝術受到西藏佛教影響，一般唐卡描繪的是寧靜或是憤怒尊者相，唐卡繪畫的細部常讓人看得嘆為觀止，藝術家必須遵循一套複雜的法則來描繪每一尊神像，現今在商店所見的唐卡畫品質差異很大，和傳統的唐卡畫之精緻更是相去甚遠，觀光化所帶來的商機導致這項技術趨於流行與通俗。不過即使如此，大批的觀光客仍然被唐卡畫吸引，常見不少店家拿出了各式各樣的捲軸唐卡供人選擇，生意通常不壞。

　　傳統的唐卡畫使用的是萃取礦物和植物的染料，且在具有保存留世價值的唐卡繪畫上使用大量的金色，由於採用天然礦物和植物當染料之故，所以有點歷史的唐卡畫通常顏色都較黯沈。唐卡畫的特色是每個畫面都各自有一個空間，但每個小空間又彼此連結輝映，組合成一個大完整，畫面繁複，細節細膩。

　　在尼泊爾的一些村落也常見到描繪喜馬拉雅山的風景畫，以及取材自神話故事的象徵性繪畫藝術。

黃銅器皿和陶器

　　黃銅水壺幾乎是尼泊爾人家家戶戶必備的器皿，各種黃銅製作的祭祀用具也在尋常的五金店加或是小攤販上

可以輕易買到，油燈、香爐、供杯、花瓶……全是黃銅的亮澄澄世界。

貧窮的國度所用的生活器皿卻讓人產生十分高雅美麗富足之感。

黃銅之外最大量採用的媒材是陶土，在尼泊爾谷地可以見到以泥土塑成未加上釉料的紅土色陶器皿，紅土陶器是人民生活所普遍使用的實用器具。在街上我見到乳酪店即以大盤的陶器凝結乳酪，紅色內裡白色，民間屋宇常漆著藍色，外面懸掛著萬壽菊的黃色成串花朵，眞是顏色飽滿的國度。

在貝克塔布（Bhaktapur）即是觀察尼泊爾製作陶器過程的最好地方，在陶器市場四處可見陶工以竹竿用力地攪動著轆轤，然後再忙碌地將陶土放在上面，沈重的陶土隨著轉盤捏塑出各種器皿，陶甕、陶缽、陶瓶……最後再將捏塑完成的成品送進以燒稻草爲主的爐火內燒烤定型。在陶器市場的中央廣場常見一家大小全家出動，男人捏塑陶器，女人負責燒烤和修飾，小孩負責看管曝曬成品。在陶器市場的附近房舍也都擅長將陶土發揮到極致，舉凡台階、民牆、廊柱都掛滿了陶製器皿，實用性的陶瓶之外，也有面具形狀的飾物，彷彿是裝飾藝術般地美麗著視線。

唯獨缺點是在此拍攝這些美麗牆面掛飾竟要付上小費，才舉起相機即被索討的感覺並不好，索性收起相機以眼睛欣賞以換得安靜。

1.西藏的佛像繪畫綠度母、白度母。
2.《佛陀》唐卡。（由世界宗教博物館提供）
3.《文殊菩薩》唐卡。（世界宗教博物館提供）
4.《四臂觀音》唐卡。（世界宗教博物館提供）
5.黃銅水壺幾乎是尼泊爾人家家戶戶必備的器皿，各種黃銅製作的祭祀用具也在尋常的五金店加或是小攤販上可以輕易買到。

編織藝術和手工製紙術

在加德滿都經過許多店家走廊，常見到幾個男人合作打造一床棉被的外衣，一人拉一角地縫織著，而到處也都可見到販售著花樣繁多、刺繡著各種圖案的坐墊、靠枕等。廊下懸掛著衣服、被單、圍巾、地毯……隨風揚起一片花花彩色世界。

加德滿都是亞洲布料的販售地之一，色彩鮮豔奪目的錦緞、絲綢、棉布、羊毛料、棉織品……讓人愛不釋手，價格便宜，選擇性多。

如今尼泊爾的地毯工藝已經是西藏流亡者生活的主要收入了，優越的西藏地毯工藝不僅擁有極高的編織水準，且竟然還締造了整個尼泊爾僱用勞工人數最多的工作，儼然已成了重要的產業。

當我來到加德滿都西藏地毯工藝中心時，我見到每一張地毯不論大小圖案都非常特別，圖案因為信仰之故顯得極為莊嚴，因應西方客人的需求有的圖案也加上了現代化的設計，以搭配現代西式的裝潢所需。

西藏地毯採用西藏羊毛和紐西蘭羊毛混合的共同毛料編織而成，西藏羊毛耐用光滑，色澤穩定。藏族肩並肩同坐一起，幾個人共同編織一塊大地毯，他們採用山扁豆植物圈法編織，這種編織法可以多人一起完成：利用一種環繞在規格化的針棒滑動著每一排紗線所共同編織的古老技藝。十九世紀早期的藏族利用強烈苯銨染劑來調和色彩，現今他們採用的是自然植物染料，編織完成後的地毯還要浸泡在化學藥品中以使羊毛柔軟更具光澤。聽西藏地毯工藝中心的人說，現在他們還發明一種「茶洗」的方式，這種方式會將地毯洗出一種宛如古董般的溫婉色澤，亮而不刺，十分耐看。

不過西藏地毯由於精緻、費時費工之故，價格對於當地物價來說簡直是天價，多數都是富有者和高級場合人士及西方人士購買得多。

尼泊爾人的手很巧，手工藝品五花八門，編織、編籐籃竹簍外，到現在仍有許多人維持製紙技術，從筆記本、相本到紙燈籠等，手工製紙技術一代傳一代，並不因電腦、電燈的發明而淘汰。

柔軟富質感的手工羅塔紙（1okta），是用手大力搥打月桂樹樹皮並浸泡些時所製造出來的，紙呈現自然色澤，有的加上染料。

不過這類手工紙觀賞性質比實用性質好，拿來寫字常會被筆端戳破，倒是拿來當剪貼本，或者是包裝紙顯得更好。

在加德滿都幾乎每一間餐廳都會用到紙糊的燈飾，從方形、矩形到圓形皆備，圖案常是神祇像，特別是印有佛陀、文殊師利菩薩或是陰陽圖騰的紙糊燈罩非常普遍使用，我買幾個回家佈置，家裡頓時充滿宗教神秘且具溫暖感。

1.尼泊爾布莊。

2.尼泊爾不分男女，全是手工藝品的佼佼者。

3.藏人編織地毯工藝中心。

4.如今尼泊爾的地毯工藝已經是西藏流亡者生活的主要收入了，優越的西藏地毯工藝不僅擁有極高的編織水準，且竟然還締造了整個尼泊爾僱用勞工人數最多的工作，儼然已成了重要的產業。

農人舞蹈和表演舞蹈

某個夜晚，我從旅店聽到了陣陣傳來的竹棍敲擊聲，下樓趨近看，見到旅店花園裡圍著許多人，中間有人在竹棍舞。原來竹棍舞在此稱爲薩魯舞（Tharu），是屬於農人的舞蹈，這和我們台灣的原住民豐年祭的節慶味道非常相似，強而有力的節奏與身體擺動伴著竹棍敲敲打打，每年豐收季節農人總在收成之後以此歡慶。舞蹈者全都是男的，當地人說除了提吉節（Teej）外，尼泊爾婦女是不在公共場所跳舞的，婦女的舞蹈角色也都是由男的扮演。諷刺的是，舞蹈表演的最後這些舞者會下來拉人一起表演，拉的卻大多數是女人。我在盛情難卻下跳了竹棍舞，才知那可眞是難跳啊，不小心會被竹棍敲得滿腳滿手包。可惜當夜燈光過暗，舞姿無法入鏡。

在奇旺國家公園內的旅館也都會請當地農人到園區內表演以饗外來旅客。

在加德滿都、波卡拉等觀光飯店內可以見到尋常的民俗舞蹈表演，表演的曲目也都是歡慶舞蹈，至於民間表演舞蹈在過去也是和宗教連結的，像在尼瓦族有專司音樂和舞蹈的人，在跳舞表演前必須準備一個獻給神的祭品或是以祭拜爲開場儀式。

這讓我想起在峇里島看印度舞時，也是先有一個人物出場，通常都是老者，他會先對空灑淨後、再對樂團的每一個人灑淨。

有的酬神舞蹈會戴著面具，在尼泊爾工藝品店也常見到販售著顏色五彩的面具，面具是以印度教諸神的面孔爲模型，塗上五顏六色的彩繪，面具種類大小繁多。面具舞蹈有點類似我們台灣酬神廟會時在舞龍舞獅後走動搖擺的神祇，像七爺、八爺等，只是此地因爲印度教的神祇化身眾多，因而造型極爲繁複，且舞蹈的動作也有一定的編曲舞碼。

右圖：尼泊爾常見流浪藝人，有的是邊吹奏樂器邊賣著手中的樂器，有時在旅店裡無端便會聽到窗外飄過一陣歌聲或是樂器聲。

在尼泊爾常見流浪藝人，有的是邊吹奏樂器邊賣著手中的樂器，有時在旅店裡無端便會聽到窗外飄過一陣歌聲或是樂器聲。不過當地民宿業者告訴我，有的人吹出某種聲音是代表著他會做什麼事，這類人士吹出的聲音都是單音節的，像是有的是專門為旅館打掃房間和清洗棉被的，他經過旅店時會吹音，以告知旅店或是民宿的人，若有人需要他便會喚他進去。原來一般小旅店和民宿請不起固定的清潔工，因此產生這類的流動清潔工。我尋音探頭出去，發現這些沿路吹著單音節的人好像是流浪者之歌的藝術家般，穿著白長衫麻棉褲，有的頭包白色圍巾，有的則戴著編織小帽，揹著麻編布袋，套著夾腳拖鞋。真是看不出打零工的清潔工模樣。不僅有流動的清潔工，還有其他技工等等，聽說吹的單音節不同，當地人是一聽就明白從事的技藝，真是非常特別。我一個朋友聽了說真好啊，像台北就應該需要這類人士，「單身獨居女郎這麼多，一定有很多不會的工作，像是修水電修燈泡整理園藝等……」我倒蠻需要一個帶著流浪者之歌神色的清潔工呢。

這是我旅行過最能實踐生活本質的溫和子民，也是把手工精神完全表露無遺的古老國度，每一種古老的工藝技藝都如此地貼近現代生活。

既不失掉自己本有的情調與節奏，且還吸引了無數來此朝聖的外來迷。這裡沒有星巴克咖啡館，這裡也沒有麥當勞，但是他們千年以來，從來沒有失落自己的工藝傳承技術與文化美感。我的疑惑是，歐美人士來此僅多了些飯店和改變了加德滿都的幾條巷子，巷內多了幾家酒吧和抽大麻菸者外，餘皆不變，這個民族對於自身生活真是擁護到底，從衣裝打扮到飲食，食衣住行的古味濃厚地讓旅人瞬間掉到了不知今夕是何夕的夢幻感，就一個創作者而言，來到了古國一個恍神就會心生一種魔魅之感，幽幽冥冥，恍恍惚惚，生活久了，也就成為當地人了。原來古國具有一種吸收人之意志力的夢魅能力，難怪來到此地的外來者只能適應他們，只能改變自己。

建築藝術堆砌神・人居所

為諸神打造美麗的居所是山城子民樂於展現的生活藝術，
尼泊爾子民以精美的藝術來彰顯對神的尊崇與榮耀。
婦女們將洗好的衣服往美麗的寺廟屋頂一曬一晾，
寺廟的莊嚴即多了生活性，老人小孩在寺廟石階上抽菸曬太陽嬉戲，
寺廟是他們生活的一部分。

尼泊爾的建築藝術和宗教息息相關，在材料上深受地形和氣候的影響。

　　山城內的小鎮不僅寺廟的數量多且因建築雕工本身的繁複，從印度廟到佛塔皆有可賞處。藝術文化在此和宗教與生活是關係密切至無法切割的，為諸神打造美麗的居所是山城子民樂於展現的生活藝術，尼泊爾子民以精美的藝術來彰顯對神的尊崇與榮耀。

　　婦女們將洗好的衣服往美麗的寺廟屋頂一曬一晾，寺廟的莊嚴即多了生活性，老人小孩在寺廟石階上抽菸曬太陽嬉戲，寺廟是他們生活的一部分。

3

1.婦女們將洗好的衣服往美麗的寺廟屋
　頂一曬一晾，寺廟的莊嚴，即多了生
　活性。
2.多層次屋頂的佛塔式建築。
3.一塊木板，一片窗櫺、一座陽台、一
　個長廊……總是體現著一種純樸裡的
　精緻。

　　多層次屋頂的佛塔式建築在此留下亭閣樓台身影，每
一座寺院除了善男信女外，爲數眾多的美麗木雕和石像
即是因爲信仰而歷經歲月的工藝產物。信仰日久內化成
生活的氣味與習性，因此即使是欣賞他們的民居建築，
一個小小的門面，一塊木板，一片窗櫺、一座陽台、一
個長廊……總是體現一種純樸裡的精緻。

　　宗教藝術主題多來自佛教故事和印度教三大神祇延伸
的故事，風格形式深受印度、中國和西藏的影響。

　　尼泊爾大城小鎮的舊皇宮杜巴兒廣場四周總是接連著
好幾座有二層至五層屋頂不等繁複造型的木造寺院，藏
傳佛教和印度教常是混在一起，各自在此舉行宗教儀
式，宗教融合也是尼泊爾的景觀特色之一。

　　廣場的每棟建築皆可細觀，木門和窗櫺的精緻繁複雕
刻，可以見到尼泊爾人自古以來，極具的優秀雕刻傳統
與技術。

　　尼泊爾的建築多樣，有來自西藏高原乾旱區域的實土
或泥磚所建的平房，這種平房可以抵抗喜馬拉雅山的惡
劣氣候，薩魯族（Tharus）的籬笆牆建築，可以讓位在
炎熱地區的居民提供涼爽居所。在加德滿都的尼瓦族區
則保留了幾世紀以來都未曾改變風貌的建築，早期的歷
史建築保存至今可見的大多是佛塔（Stupas），這是由圓
形實心屋頂組合以保存紀念聖人遺物的建制，約是十七
世紀馬拉王朝所建。

　　歸納起來，尼泊爾的建築約分爲寺廟僧院、佛塔、宮
殿和民宅等四種。

尼瓦族寺廟宇和席拉式建制

　　加德滿都的寺廟都是尼瓦族（Newari）早期所建，此建築形式是以磚塊牆面、遞減階梯式屋頂寺廟爲主，這種建築樣式源自於古印度，幾乎在加德滿都所見的寺廟都是依照這個建築概念爲打造基礎，最多就是大小和形狀的差別。在架構上以磚塊建造，有的磚採用上過釉的磚，在層層而上的屋頂銜接上以木頭支撐，支柱多以雕刻裝飾，或是再以泥磚覆蓋，有的裝飾著銅製品或黃銅小尖塔。

　　這類呈漸減式階梯基座的設計讓觀者感受宗教的莊嚴與尊高之感。

　　常見的寺廟是三個屋頂階層，小型神殿兩層，也有多至五個屋頂的。多重屋頂的尼瓦族式建築之外，還常見到的建築形式是石造的席卡拉式（Shikara）寺廟，席拉卡式在過去兩世紀以來普遍被使用，建築材料是由磚塊、石頭或是赤土建造，蓋有如塔的結構，幾何形的磚造或石造寺廟，中央高高的尖頂，下端有幾何圖形的高塔與天相連，中央屋頂是圓錐形，這是來自於北印度的風格，圓頂代表著神祇居住的山峰頂端。而尖尖的高塔是象徵喜馬拉雅山峰。

　　席拉式的建築和其他宗教建築相同的是都有階梯形式的基柱和一個小的聖殿以供奉神祇聖物。十七世紀從印度引進尼泊爾後，這類有著對稱幾何圖形圍繞著螺旋塔或大尖塔周邊，並在頂端罩上小尖塔的建制一直是加德滿都谷地寺廟經典的代表。

　　這種多重屋頂的寺廟樣式除印度影響外，主要是十三世紀時尼瓦族的建築師阿尼（Arniko）所創，他曾受邀到西藏造佛塔，融合了印藏風格。

大佛塔與小型佛塔

尼泊爾的佛塔大小差距可以天差地別，大可以大到像博拿（Boudhanath）寺佛塔之高之巨，小可以小到不到幾平方。無論大小，基本建築架構是一樣的，以半球狀的小丘為底部，或是以一個半圓球體為主，在圓形山丘再以一個小的方正結構來支撐。呈立體半球結構，覆缽式。後期佛塔通常覆蓋著磚塊或是石灰混凝土，漆上白色塗料，在陽光下非常搶眼。

佛塔主要是專門供奉佛陀遺物。小型佛塔通常放置經文、祈禱文或是其他聖者喇嘛的遺物。

尼泊爾最古老的佛塔相傳是印度阿育王時代所建，在帕坦地區可以見到。被漆成白色的佛塔四面繪有醒目佛眼，建築強調的是佛教的宇宙本質，基座圖案採用曼荼蘿（Mandala）代表著修行的道場，通往神界的地圖。半圓形的塔身是意味著無我之境，尖塔則有十三階段的含意，需通過層層修行才能抵達最高境界「涅槃」之意。

1.寺廟的建築材料是由磚塊、石頭或是赤土建造。

2.3.佛塔主要是專門供奉佛陀遺物。小型佛塔通常放置經文、祈禱文或是其他聖者喇嘛的遺物。

金剛亥母廟。

佛教徒寺廟、僧院

　　除了佛塔外，加德滿都的佛寺有兩種形式：巴喜爾（Bahil）和巴哈爾（Bahal），巴喜爾兩層樓建制，有天井，在主要入口外左右兩側還有小型長廊；四個長柱廊可以俯視內部的花園，主要入口正對著獨立空間的神殿，入口的左側為石階梯或木頭階梯，突出的窗戶可以看到庭院。像金剛亥母廟就是類似這樣的建制。

　　巴哈爾也是有著中庭的兩層樓建築，不同於巴喜爾的是它的一二層樓空間還細分成許多房間，主要入口處皆有窗戶可以通往房間。每一道樓梯都有各自的走廊可以通往中庭。佛寺有著對稱結構，正門用灰泥漿和白塗料，木雕的拱圈和頂飾代表著神殿的主要入口。

印度教廟宇和僧院

印度教寺廟乍看相似，主要不同是裡面供奉的神祇有別，甚至有的內部沒有神像，有的則供奉神祇的化身。

印度教寺廟，最值得觀賞的是支撐屋頂部分的斜柱，精雕細琢的斜柱，在杜巴兒廣場的印度寺廟，可以細細瀏賞。

印度教寺廟很好認，台階兩側通常有神祇的坐騎，像是大象或是獅子石雕，有的是旁邊有公牛、猴神、鷹神或是地鼠等等石雕像。每個神祇的坐騎不同，當地人看到坐騎就知道是供奉哪一種神祇了，外來者可以只是純欣賞。一般建料都是木頭或磚造，在帕坦的黃金寺廟的金屬雕鑄技術，在此是非常獨特的媒材。

在印度僧院（Math）或是出家人住的房子和佛教徒的綜合形式有著明顯的不同，印度教的僧院的內部和一般的住宅相似，一大中庭間有許多的小單位房舍，通常為三層樓高。一樓有馬房、商店、勞役僕人房，並供奉著濕婆神和祭品等室，二三樓為僧侶居室和客廳等，四樓為神壇和廚房，和民宅的運用亦頗為相似。

庭院兩側牆面也嵌有上釉的彩色磚塊，窗櫺邊框都極為好看，裝飾著許多雕刻藝術，有的房間裝飾著華麗的壁畫，牆面顏色大都為灰泥漿和白塗料。

一般說來婆羅門教徒是住在獨立一棟但房間個別分開的建築，此和一般民宅群體一起居住或是共用露台之點是不同的。

宮殿建築

　　十七、八世紀的馬拉王朝在尼泊爾留下華麗輝煌的宮
殿建築，規模大且細部精雕細琢爲其特色，這些宮殿展
現出尼泊爾人的高建築水準與品味，宮殿建築不僅堅固
美觀，且融合了宗教藝術風格。

　　到了十九世紀羅那政權時期，宮殿則以擁有數百個以
上的房間和繁多的庭院爲特色，建材如磚塊、泥漿、膠
泥、木材和地磚均來自當地，外牆裝飾卻受到當時流傳
至尼泊爾的歐洲風格影響，且皆漆成白色。室內設計也
可以見到歐洲新古典主義的家具，像是水晶吊燈和油畫
及華麗金屬框鏡面等。這個時期的歐洲風格也反映到當
時的富有民宅上。

　　融合宗教藝術的皇宮和寺廟一樣有著多重屋頂的紅磚
建制，搭配著華麗精細的木雕窗櫺，中間皆有一座中
庭，也是以紅磚砌造，鑲嵌著木雕窗戶，吸引著眾人目
光，是當年尼瓦木雕師的精髓展現。像加德滿都的舊皇
宮、帕坦的舊皇宮、桑答里宮院、慕爾宮院和納拉揚宮
院等皆是。

尼瓦族的房屋樣式

　　加德滿都谷地的民宅以傳統尼瓦族建築爲主要代表。

　　常見加德滿都谷地的尼瓦族人家的房子多爲長方形，以紅磚砌造，樑柱加上木板，屋頂鋪著瓦片。

　　房子住宅連著庭院，或是陽台直接面對著街道，樓下和庭院是連接的，可供行人走動。最值得欣賞的是木雕窗戶和和美麗的大門，門窗和建築物主體正面通常是呈對稱狀，房屋通常二到三層樓高，一樓開著店或是小小工作坊，側面還有矮門。房屋樣式最特別的是窗景，通常由三到五個觀景窗組成，一般人家會在窗戶邊放長椅，休息時還可以眺望窗外街道風光。

　　二樓爲起居室、客廳等，最特殊之處是廚房和神龕通常被設計在閣樓。頂樓露天處則拿來曬衣物等。

　　對尼泊爾人而言最神聖之處除了神龕就是廚房，在種姓制度裡，階級分明，陌生人和低下階級者是不准進入較高社會階級人家的廚房和神龕的。所以旅行尼泊爾時也不能跑去別人家的廚房觀看。

　　這類建築物的底層多用來飼養牲畜或當倉庫用。

上圖：尼瓦族的房屋樣式。
下圖：尼瓦族民宅。

泥磚式高地建築

尼泊爾多高山，因此發展出對抗高山險惡環境的房子，建築物可以存在於三千公尺以上的環境，這類建築通常以模版築土，以圓柱將空間區隔開來，牆壁已厚實土製泥磚或是大塊泥磚打造，窗戶通常都是面向南方或西方，朝背風建。屋頂平式，鋪以茅草或石頭上覆蓋泥漿。一些較講究的高地人家則在蓋房子時會很慎重，不僅建築工人要邊唱歌邊攪拌泥土和油，房子還得經過宗教儀式的祝禱才能開始動工，這和我們建築時要拜地基主有點相似。只是第一次聽到要唱歌的工人來負責泥土和油的混拌工作，這實在是充滿著生之熱情啊。據悉特別是在蓋屋頂時顯得更慎重，可能高地的屋頂和天空神殿比較接近吧。

另外有的高地建築會在牆壁上繪畫著佛陀等神祇的畫像，十分莊嚴。

在高地建築的泥磚牆上，農耕畜牧人家都會懸掛著穀物稻草，有的沿著屋頂垂弔著一串串的黃色玉米，旁邊有頭白灰色牛，庭院有羊有雞，身穿花衣裳的一些婦人和小孩圍在一起做著勞動或聊天剝荣，有的老人蹲在角落曬著暖暖的太陽哈著菸，人們一片自給自足，而高地建築也在簡樸中透著強韌的生命力，一如山的子民般。

大圖：泥磚式高地建築。

小圖：二樓為起居室、客廳等，最特殊之處是廚房和神龕通常被設計在閣樓。頂樓露天處，則拿來曬衣物等。

生氣盎然的另一種美

化身佛教在人間　人間有個具雲國　具雲國王是有緣　亦即將被調伏者

調伏具雲國　無數靈魂須追究　三種生滿調伏蘊集最佳者

——《蓮花生大士本生傳記》

黃昏前騎大象入原始叢林的畫面至今偶不期然地還迴響在我的台北都市叢林的生活片刻。

離開佛陀誕生聖地藍毘尼後，一路驅車轉往尼泊爾著名的奇旺國家公園（Royal Chitwan National Park）。非朝聖團的旅者則大都從波卡拉來到奇旺，車程約兩個半小時到三個小時左右，車資約四百八十盧比。

奇旺國家公園位在加德滿都的西南，波卡拉的東南方，已經接近印度北部邊境，原是密林地帶原始叢林，未開發時還是許多犯人流放之地。此地也曾經是英國皇家狩獵保留區，從歷史圖片看到當年奇旺地區舉行盛大的狩獵活動，王室貴族往往競賽著狩獵數目，滿滿的犀牛和老虎死在槍下，堆在卡車裡運到印度和歐洲王室。

一九七三年尼泊爾為了保護瀕臨絕種的獨角犀牛等野生動物而成立了尼泊爾第一座國家公園，在出動大批軍隊的保護下，原本猖獗的盜獵行為業已銷匿，現在它是犀牛、大象、老虎、豹和鱷魚等眾多動物的生活家園，奇旺也是亞洲野生動物最多的地區之一，已擁有野生動物繁殖的廣大草原為傲。

奇旺國家公園是尼泊爾台拉地區交通最方便的國家公園，加上公園內允許設置私人叢林探險業者建造小木屋，因此如今來到奇旺可以見到不少略具規模的度假小木屋旅館。

在奇旺國家公園的騎大象活動。

在進入奇旺國家公園時，必須換上小吉普車，經過許多耕種的田地和茅草屋部落，才進入野生叢林內部，來到了有著原始沈味的叢林度假小木屋，放下行囊先休憩一會，待陽光收斂的午后再騎上大象出遊。

一頭大象可以坐上約四到六個人，大象將載旅客前去公園內觀看隨時可能出沒的獨角犀牛、孟加拉虎或是鹿群等等，當然也可能什麼都看不到。保護區境內光是鳥類就有四百多種，因此即使地上野獸見不到，那麼天空的野鳥絕對可以欣賞到一些。

　　大象視力極差，耳朵卻可細聽遙遠之聲，且聽得懂人的一些語言，騎象師以腳碰觸大象的耳朵，藉由碰觸的力氣來傳達來給大象，大象便能意會要放慢速度或加快速度。有時大象頑皮不聽指示時，騎象師會以手中的鞭子斥責，這時大象又乖乖地聽話了。尋找野生動物的蹤跡可以從叢林的動靜來加以判斷，像是看到叢林中突然野鳥群飛，小動物忽地緊張奔馳，此即顯示有凶猛野生動物出沒了，動物比人還敏感，總是本能地先知覺了環境的變化，以求自保。

　　大象還掩蓋了人類的體味，使得人類進入野生動物領域而不會被攻擊，因此搭上受過訓練的大象是叢林之旅最安全的工具了。

　　高高坐在大象頂上，視野轉高變寬，植物林相從身邊劃過，有時走進樹叢時，身體和樹葉幾乎沒有距離地碰觸著。

　　最美之景是大象群隊涉過河水時的畫面，聽聞大象那巨大的腳踩進河水，濺起洶湧的水聲，水聲如歌在耳膜奏響。

　　黃昏時在草原上看著日照漸漸轉色，周遭風景開始由清晰顯成迷離，而我們跨坐在大象的背頂上，遙望叢林深處，感覺巨大的原始能量在心靈激動開來。

　　光是這樣的感受，就是沒有見到獨角犀牛或是孟加拉虎，也就值得頻回首了。

清晨划獨木舟看鱷魚

　　隔日清晨日頭尚未出之際，來到河邊搭上獨木舟，獨木舟看似不穩實則安穩，一艘獨木舟約可搭乘十個人，小舟內有固定的木椅可坐，前後各有一名船伕掌舵搖槳，速度緩慢，悠游河水中。行程順著雷普堤河（Rapti River）或娜拉雅尼河（Narayan River）而下，娜拉雅尼河是由喜馬拉雅山留下來的七條河流所匯聚而成，河川蜿蜒流經密密叢林，呈現神秘原始的情調，頗有亞馬遜河況味。

　　清晨薄霧瀰漫河床，岸上樹林一片朦朧，約有一些些喜馬拉雅山的邊線襯在叢林後方。四周寂靜，只聞木槳滑過悠悠河水聲，水鳥棲息在淺灘處的美麗姿影，引發我們的驚嘆。天快亮時，當地人出現在河邊沐浴洗衣，好像我們這些旅人並不存在似的。

　　經過鱷魚保護區時，可以見到沼澤區內的鱷魚所出沒的濕濕洞口，鱷魚們都還在睡覺，僅留黑黑的洞口予人想像。

　　船到了某個定點會放旅客下來，此定點為大象園區，在園區入口旅客分別買了幾串香蕉開始餵食大象，吃到香蕉的大象十分歡喜，猛抬腳碰地歡喜答謝。園區工作人員一再叮嚀在餵食時勿靠近大象，要是象腿一伸可能會踹傷人呢，至於有些小象還很迷你，似小飛象般地自由走動著，和旅客玩在一起，且頑皮地搶著香蕉吃。

　　大象是我最喜歡的聰明動物，來此叢林園區許多大人和小孩都回到了純真世界。餵完大象拍了照片，當了十足的觀光客之後，便又乘獨木舟回到另一岸，而清晨的霧已散，陽光出來了，該是回到叢林木屋用餐的時刻了。在尼泊爾，什麼都不趕，一切的速度都緩慢了下來，好像人們又回到了自然秩序裡，和一切的生物物種合為一，而那人工機械的快速節奏也都暫時被拋離了。

　　聽聞當地人說這裡要是逢上雨季，河川水位暴漲足以

清晨搭上獨木舟遊河。

吞噬許多人家，我們光臨之前的六月雨季此村落方死了千人以上，從荒涼叢林到觀光遠景，尼泊爾人接受變化，樂天知命，連在述說這樣的悲慘境遇，語調都還是極為平常。

抵達寧靜的可能——波卡拉

尼泊爾最富盛名的觀光點除了加德滿都外就屬波卡拉了，波卡拉也是要登至安娜普那（Annapuma）群峰之登山健行者必經之轉接休憩站。

一般當地人從加德滿都搭上通往波卡拉的巴士擠滿了人，連車頂也都坐上了人。外國遊客通常不會搭當地人搭的巴士，因為雖然便宜卻耗時且過度擁擠，而改搭綠線觀光巴士（Green Line）來回二十美元，含午餐，一趟車程耗費約七個小時，我覺得還是不要太虐待自己，何況搭觀光巴士安全舒適外，也和同車的外國自助旅客得以聊聊天，交流些旅途經驗。在塔美爾區附近搭乘，每天發出兩班，需事先訂票，我皆請旅館櫃檯代訂。

在這樣的旅程裡，遇到不少從德國來的自助旅行者，

1.通往波卡拉的中途停歇小站風貌。
2.波卡拉的一間水果吧，生趣盎然的裝飾店面。
3.在波卡拉我落腳的民宿房間，雅緻且便宜。

有的一個人，有的兩三個人，都非常和善。他們對於台灣同感好奇，發出的疑惑是怎麼每次見到台灣上了國際媒體都是因為政治問題；對於我一個人隻身旅行也感到好奇，問著：「台灣女人都這麼獨立自由嗎？」

沿途的公路風景末段有點類似我們的橫貫公路，一邊是山勢陡峭，一邊是縱谷激流。這條公路每年到了雨季常受到摧殘破壞，此又有點和每年夏季颱風侵襲橫貫公路的命運相似了。

來到波卡拉，簡直會驚訝於它的快速成長，沿著湖邊竟都是滿滿的商家或旅店餐廳，至此隨便往招牌一看都可以找到落腳的民宿，民宿附衛浴且乾淨，住宿非常便宜，一百五十盧比。偏遠一些靠近Hard Rock Cafe旁邊有獨棟木屋民宿，也是一百五十盧比一晚即可住到一間木屋，不獨湖光山色讓我驚豔，這樣優美怡人的住宿環境與條件，簡直是背包客的旅行天堂。但說來特殊的是，即使此地觀光發展快速，悠閒的步調卻似乎不曾離去，緩慢依然是主調。

從加德滿都一早出發，抵達波卡拉已是下午兩、三點，先在旅館休憩，登至旅館頂樓陽台見到當地居民善用太陽能發電，頂樓露天陽台上立著吸熱板，全面吸收著來自高山無雲遮蔽的陽光。在陽台眺望湖光山色，山

峰在波卡拉一地觀來都顯得離人們的視野很近，彷彿一伸手就可以撈著了般。

午後四點多外出，招了艘獨木舟出遊一個小時，黃昏的陽光落在高聳入雲端的山巒，醒目的經典地標魚尾峰（Fish Tail）倒映在費娃湖湖心，橘紅色的波光在舟子滑過時，蕩漾的湖水彷彿和魚尾峰交手嬉戲般，此時湖水是水也是倒影，虛實無分。

湖水柔軟優美，群峰堅拔壯美，二者強烈對比卻又互相輝映，這讓我有一種入世出世並行不悖之感，在此遂有了寧靜。

老船伕不太會說英語，一直微笑，比著一個小時或兩個小時，後來我看天色還早，便又加了一個小時，船於是漸漸滑向更遠處。波卡拉區內共有八個湖，主要有費娃湖（Phewa Lake）、貝古那湖（Begnas Lake）、魯巴湖（Rupa Lake）等三座湖泊，環繞著湖可以見到安那普那群峰和道拉吉利（Dhaulagiri）等群峰高拔壯美山色。

閒散地隨著鮮豔的船隻漂浮在長達二點五公里的費娃湖湖面上，對岸湖邊有些水牛和等待生意上門的船家，偶爾在湖中和幾艘船交會，滑到湖心處船夫繫著船示意著我上岸，一座小嶼上，有一座小巧的瓦拉喜黃金廟（Golden Temple of Varahi），船伕看我拿起相機示意要

1

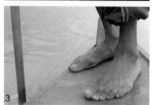

1.波卡拉湖邊風光山色。
2.波卡拉湖邊日落。
3.划船伕。
4.在波卡拉湖划船時，船伕停在中間的
　印度廟，且堅持幫我照張相留念。

幫我拍，真是熱情又細心的老船伕。沿著湖分成湖邊（Lakeside，現在地名為巴伊達：Baidam）和壩邊（Damside，現地名為帕迪：Pardi），熱鬧的區域集中在湖邊，落腳於此很方便，餐廳民宿紀念品店選擇廣泛。

　　在坎提普爾餐廳（Hotel Kantipur&Restaurant）用晚餐，可欣賞餐廳準備的當地民族舞蹈表演，或者到硬石咖啡館靠湖邊陽台喝杯啤酒，聽現場的樂團表演。有一家名叫「飢渴之眼」（Hungry Eye Hotel&Restaurant）的餐廳充滿了嬉皮風味，來自各國的旅者在此用餐閒聊，晚上也有尼泊爾當地舞蹈的表演。月舞餐廳（Moondance Restaurant）聚集著不少年輕旅者在此聽音樂跳舞。小旅店餐館登山用品店果汁吧紀念品店雜貨鋪小型超市……林林總總。

　　誰能想到不過就是二十幾年前的波卡拉還只是個小農村，只有到了冬季時才有來自他地的商隊發出陀鈴聲打破了農村的寧靜，過往波卡拉是交易的集散地，西藏人、尼泊爾人、印度人常帶著家畜或是貨物，背著行李穿梭往來於此。

　　一九五二年前，此地還未曾出現車輛蹤影，一九五○年代這裡還有瘧疾肆虐。關鍵性的一九七○年當地政府

開了加德滿都到波卡拉的公路後，波卡拉的美貌才浮出水面。

說來真巧，正當我在想無伴可同遊郊區時，竟遇到在杜力克爾聊過天的奧地利實習醫生羅傑（Roger），他有僱請一位當地導遊，說可以一起結伴同行。

隔天我們租了兩輛摩托車先做波卡拉周邊景點之旅，摩托車是此地常見的交通工具，多屬要換檔的一五〇cc型摩托車，通常女孩子都不會騎，若真遇不到伴，此地的旅館或民宿可以為你找一日遊導遊，付地陪錢和租摩

托車錢即可，體力佳者可以租腳踏車，只是騎到遠處會累癱了。

　　波卡拉當地一日遊可以很隨性亂逛，也可以有系統地安排，我們第一天遊賞了著名的惡魔瀑布（Devil's Falls）、巴突雷查爾（Batulechaur）村的馬亨得拉鍾乳洞（Mahendra Cave），洞穴是由古老的地下湖穿透石灰岩所形成的，其中有一座很大的洞穴可以走進內部參觀，有小孩在裡面拿著手電筒等著替觀光客照亮鍾乳石和石筍奇景，看了要付小孩一些小費，看惡魔瀑布和洞穴都是要買門票的。在波卡拉的許多景點入內都要買票，費用雖然一點點，但是感覺卻不是那麼舒服。

　　在郊區的山頂上，有座供奉女神的賓得亞文希尼寺（Bindyabasine Mandir）印度廟，廟裡並無多大的藝術性，但是當地虔誠信徒會將羊和雞帶來此獻祭給神。印度人通常不殺生，不過尼泊爾人的印度教則殺生，吃素者少。

1.賓得亞文希尼寺（Bindyabasine Mandir）印度廟。

2.巴突雷查爾（Batulechaur）村的馬亨得拉鍾乳洞（Mahendra Cave），洞穴是由古老的地下湖穿透石灰岩所形成的。

3.我落腳的那佳寇民宿內部。

4.佛塔立在頂峰，那佳寇的日出一景。

　　然後繼續騎到西藏人聚居的難民營和西藏喇嘛寺參觀，塔須林（Tashi Ling）、塔須帕亥（Tashi Palkhel）住著千名藏胞以上，進入藏民聚落，可以見到簡陋的屋舍，一排排隨風飄動的五色祈禱旗，小型的僧院裡小喇嘛們有的正在誦經有的則在空地玩踢足球。西藏人在此大都做著編織地毯的工作，也有開設簡單餐館和小客棧等，沿途有許多集結的西藏小攤販在賣著西藏紀念品和宗教工藝品、法器等。當我們停在其中一個小販時，其他的小販也開始叫喚著來我這裡，來我這裡的聲音，每個人都想做到生意，可是我們只能光顧一兩家。

　　沿途的公路兩邊景色壯麗，偶爾會車行過迷你村落和波卡拉舊市集（Old Bazaar），四處逛逛，感受村落和市集的雜蕪，此地都是尼泊爾人活動的真實區域，許多的日常用品販賣店和食品店集結，金屬加工店也不少。

　　舊市集人車雜處，喧嘩得很家常，不若波卡拉湖邊是屬於觀光化的氣味。

1.小喇嘛們在踢足球。
2.藏民聚落十分簡陋，生活刻苦。

賞日出的絕妙勝景──沙拉寇

　　隔天清晨我們又約好同去沙拉寇（Sarangkot）看日出，五點從民宿騎摩托車出發，騎到山頂正好快六點，正是日出要從群峰穿出的破曉時刻。從山下騎摩托車到標高一千五百九十二公尺處，摩托車騎得驚險萬分，因為後面有很長的一段路都是砂石小路，後來摩托車一個不穩，我便跌了下來，吃了滿地灰，還刮傷了表皮。載我的導遊Parm說他還是頭一回發生這種事，一直跟我道歉。我說沒關係啊，這樣記憶比較深刻。後來繼續上路，他還是很內疚，偶回頭問我還好嗎。記得前一天晚上聊天時，他說他一直期望下輩子可以生得好人家，長得帥一點。因為他出生很窮，且這輩子太矮了。他之所以會英文全拜小時候一對紐西蘭夫婦的認養，他定期會到紐西蘭去探望這對老夫婦。

　　「妳快樂嗎？如果妳不快樂那我就有責任。」和他同行時他常會問我這句話，很讓人感動。他的今生哲學是要讓每個和他在一起的人都感到寧靜快樂，他希望這樣他就會有好的福報，可以下輩子獲得好的人身。我問他那要當哪一國人時，他說還是當尼泊爾人吧，接著又趕緊說，但是是要出生良好的尼泊爾人且是要長得好看的尼泊爾人。

上圖：在沙拉寇觀日出，冷極了，可惜群峰由於陽光過於刺目，加上白霧過多，山色稜線未能清晰得未入鏡。

　　沙拉寇的日出和那佳寇（Nagarkot，位加德滿都三十五公里的山城）的日出不太一樣，沙拉寇的日出看起來比較蒼茫遼闊，和群峰的距離更近，日出也更大，視野拉得更廣更遠。那佳寇日出的視野感覺人和風景離得比較遠，感覺太陽的現身是由層層峰巒推出的橘紅元寶，而沙拉寇的日出景觀感受到的畫面是太陽不是被群峰推出的，而是群峰和太陽站的是同一個舞台，太陽尚未露臉時，已先將光映射在山峰白雪上，魚尾峰的尾端映出光彩，觀賞者驚呼著那樣的美時，日出才緩緩地一丁一點地浮上視野，接著山巒河川開始顯露萬丈光芒。

五色祈禱旗一路飄揚。

　　沙拉寇的日出景觀遼闊還有一個重要原因是，在高聳
的群峰下有塊寬大的谷地，谷地有河水流經，所以顯得
蒼茫。

　　最美的角度當屬陽光緩緩照射在魚尾峰時，魚尾峰峰
頂白雪受到初陽的陽光變化，白雪呈現忽黃忽橘忽紅的
光影幻化，堪是人間絕美孤美一景。

　　當太陽光奪目時，也是該吃早餐了。沙拉寇的山區有
很多戶外早餐店，喝奶茶吃蛋餅，望著雄偉山色，旅人
皆露出心滿意足的神色。

　　通常旅客待在波卡拉兩三日之後會改搭小飛機至其他
山脈健行，最熱門的登山健行區域是安娜普那山群峰區
域，它有一系列山脈依編號命名有著不同難度的登山路
徑，登山者可依個人體力和裝備登上不同路徑的山脈。
據悉每年有超過五萬的攀山者來到此地，遠比聖母峰還
要多出三倍。

　　每個人都告訴我下一回一定要攀登安娜普那山，望著
奧地利實習醫生和當地導遊Parm背著旅行背包穿著登山
衣套著登山鞋離去，旅人彼此拍照留念，揮手祝福著，
各自奔往下一站。

　　旅人，一轉身就是一輩子。我又再次復述著自己每一
回單獨旅行所感受的分別畫面，習慣告別，習慣分離，
習慣說再見。

　　之後，我再也沒有見過他們，而我們卻一同遊玩了兩
天的波卡拉。想著Parm 老是問我：「妳快樂嗎？如果妳
和我在一起而妳不快樂那我就有責任。」

　　在搭上巴士回到加德滿都的車上，想起他們，感謝著
陌生人的溫暖與慈悲。

1.在沙拉寇山城遇見的尼泊爾老婦，向
　我借了根菸，興奮地抽，卻是以抽水
　菸的方式抽著。
2.3.沙拉寇山城子民的生活樣貌。
4.5.那佳寇山城民居。

佛陀酒吧的魅惑之心

她注視著人們那不可毀滅的生命以及他們改變著的臉孔，以及他們為自己和上帝所建立的房子。

——佛斯特《印度之旅》

四周昏暗暗的，入夜無光，偶爾行經某戶山城人家，油燈明晃晃地隨風玩著吐舌縮舌遊戲，我漸漸習慣行走在這樣的暗度空間，之前則常冷不防跌了一鼻子灰。

　　有時到了落腳旅店聞到氣味才知方才踩到黃金了。在暗夜行路偶爾我會想起在峇里島北方貧窮村落的暗夜。也是到了隔天清晨，才發現我所行經的竟常是一大片風化屍體區域的小路，當時靠月光星辰引路外，還有小街上流瀉出的甘美朗音樂讓我聽音辨源。或者這樣的暗夜，我也會想到印度瓦拉那西那濕濕漉漉的河階小路，當時的微光靠的是打火機。

　　風中之燭，人命在此環境更昭顯出這樣的微弱稀薄。

　　尼泊爾偏遠山城子民的小孩常常必須利用白天才能讀書，然白天他們又必須幫忙農事，因之讀書之事就常蹉跎了。

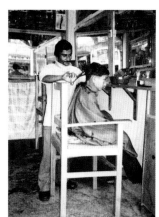

左圖：《窺視的魅惑之心》。（鍾文音油畫作品）

在暗暗的小徑走，要學會辨聲聽源，學習像原住民尋著發亮的葉子認路。連葉脈都不發亮時，那就不斷地以打火機的瞬間火光中，極目地撐大瞳孔以目視所走的路。了無月光的小徑，又從未行過黑暗陌路，夜半臨深淵大約就是如此了。

適應了這樣深黑的四周後，迎面有個黑影窸窸行經身旁，突開了嗓出了聲問著：「要不要大麻？」

水煙大麻，在山城是人們勞動後藉以全身休息的媒介。在加德滿都塔美爾區（Them1）的夜晚，大麻卻是和酒精一起沈淪的氣味。塔美爾區宛如我們的西門町人影晃晃，終日忙碌，白天滿滿的商家逛之不盡，夜晚酒吧音樂價響，年輕人全在街上無盡蹓躂。

夜晚，當我在古都的酒吧裡聽著樂團唱歌，周邊滿滿是西方旅客，我當下真有忘了身處尼泊爾之感。瞬間這座古都和我所經歷的紐約下城或是巴黎巴士底附近的暗巷酒吧是無所不同了。觀光為加德滿都人開了一線接觸國際化的窗口，但是我見到所謂的國際化都是環繞在這樣的酒吧行為上，反而許多加德滿都青年在此沈淪，夜夜飲酒抽麻，魂聳魂墜，通宵達旦，不知酒醒何處。

一家名為佛陀酒吧（Buddha Bar）的主人帶著我和幾個當地年輕人在巨大菩薩座像的後面燃起大麻煙，在此古國，「佛陀」早已成符號，在佛陀酒吧聽佛陀音樂（Buddha Lounge）和涅槃音樂（Nirvana），就是菩薩真是在此也只能低眉垂目了，祂恐怕要不忍心見著人們盜用其名卻做著和覺者背道而馳的墮落行徑。

我是又清醒又墮落的落單旅者，聞著大麻煙想到的是火葬場巴格瑪堤河的死亡氣息，河流和塔美爾充溢著生之熱情相反，然塔美爾的生之熱情其實不過是藉由酒精、大麻和縱樂所燒出來的幻影，水月幻象迷人，入底一探卻是不堪。

塔美爾區四處是循著東方足跡的嬉痞與歐美女人。我

西藏傳統食物。

上圖：尼泊爾人日常的食物，新鮮羊奶和咖哩。

下圖：尼泊爾人自得其樂地彈吉他唱歌跳舞。

在酒吧裡每天見這些歐美女人如何和尼泊爾人搞在一塊，就是再醜的外國女人，尼泊爾男人也趨之若鶩，因為只有遇見他國女人才能改變他們自身的命運，尼泊爾長期鎖國政策的影響下，城市青年懷有強烈的外國夢，「帶我走吧。」那是他們內在的心聲。

首都男人懷有這樣的夢，至於女人是想都不敢想，因為對她們那已是近乎妓女的行徑了。因之我在尼泊爾遇見大量的當地年輕男子企圖結交外國女子，卻顯少見當地女子和外國人交往。塔美爾區幾乎是個小縮影，日日酒吧喧囂，歐美旅客不論是跟團的或是背包客入晚定會來此夜夜笙歌。此間廉價的旅店，一天一百五十元盧比（約台幣一百多元）即可住到，簡直是背包客的天堂，歐美人士到此都成了有錢人，看得尼泊爾男子的自尊突然揪在一起，面目不禁哀傷起來。

青年們當中，清晰可辨的面目是西藏流亡者第二代年輕人，他們在此彼此慰藉，麻木身體，麻痺靈魂。

餐廳酒吧一家家地開，以前的樸素民宅全都轉成生意場，有不少人家的頂樓陽台撐起陽傘，露天座椅上男女老外打情罵俏，哈煙嬉鬧，吸引著未曾出過國的許許多多加德滿都年輕人來到此地沾身洋味，塔美爾區在加德滿都人的口中都市叢林，他們覺得在此的夜生活宛如叢林般刺激。

　　而酒吧外，尋常是乞討的婦女小孩，我多回見到爛醉如泥的年輕人倒在路邊呢喃或咆哮，也多回看到西藏流亡者的後代在此集體迷惘失落。他們流的是西藏血液，但是從來沒有到過西藏，而在尼泊爾他們同樣感到自己是個外來者。因此在酒吧裡我見到許多藏裔年輕人渴望交到歐美女郎，然後一圓他們的出國夢。和在此不少年輕人聊天，驚訝發現有的已經在巴黎或紐約住過許多年了，原因是他們和來到加德滿都的歐美女生結了婚，到國外住了些年，也取得了居留權，我遇到他們的那些日子，他們不過是回來度假。至於還維持原來的異國婚姻嗎？他們搖頭，都離婚了。說著，並抄了電話給我。當然，許多的夜晚，他們抄電話的動作，恐怕不知重複了多少次。

　　這是集體的狂歡與失落，發生在夜晚的加德滿都塔美爾區酒吧，而我所在的座標是佛陀酒吧。

　　而白天的塔美爾區，人車川流，一輛三輪車老者企圖追著我做生意，搭上一小段路，只為了讓他有點收入。此老者卻獅子大開口，四分鐘路程索五十盧比，搭計程車也不到十盧比，他以為我是日本人便亂喊價，我給他

二十盧比要他閉嘴了。

　　塔美爾區讓在此兜轉做生意的人都多了虎豹之心。尼泊爾人、印度人、喀什米爾人、西藏人……每個人都流露著精明的目光，殺向落單的旅人。

　　塔美爾區由主要三條道路貫穿，主道路之外有無數的小徑穿插，人多路狹，縱橫交錯，由於路窄，感覺整個空間的音樂密度無限壓縮，不斷的車聲喇叭聲，不斷的音樂CD店高分貝放送歌曲，街角永遠有人蹲在一隅閒聊……在加德滿都巷弄行走，我的耳膜增厚，我的心卻變薄，有時還得變冷。雖然這座城市比起印度諸城簡直已是天堂，但是長途旅行已讓我心疲憊。

　　沿街隨時可以見到背著行囊的年輕人尋找落腳地，而這還是最冷清的一年，當地人說要不是尼泊爾共產黨猖獗，來此的人更是絡繹不絕呢。住宿此地確是方便，是外國旅者的理想居所，民宿便宜，餐廳咖啡館多，缺點是一出旅店的門即成了目標物，小販不斷遊說，有時還會遇到乞者的包圍。

　　幾年前我去大陸桂林山水陽朔一帶旅遊時的場面突然跑到眼前，陽朔老街的異國風情吸引著無數的老外，許

在加德滿都，常都見老年男人聚在一起聊天。

加德滿都市區。

多餐館寫著英文，許多老外身旁搭了個當地姑娘。加德滿都是倒過來，是歐美女郎身旁搭了許多壯男，現在日本女生也很受歡迎，這是旅遊的經濟地理學，經濟強弱已成為兩性投懷送抱的主宰，不免讓在一旁極為清醒的我感到噓嘆與虛無。

塔美爾區的變化可以說是加德滿都的未來縮影，隨著外國遊客的增多，過往的鎖國政策遭到空前考驗，城市人的嚮往開始擴大，家家客廳成餐廳，房間成民宿，雜貨鋪轉型成工藝品店，登山用品店和網路咖啡館更是新興產業。我在落腳的旅店窗戶往下望，夜晚一點多了，網路咖啡館仍坐著一排排的當地年輕人與外國人，他們眼前是一部電腦，每個人敲打著鍵盤，正在接收傳送著E-Mail。

夜深了，整排人坐在電腦面前，我幾乎忘了我身在古都。好幾年前對此地的印象完全被改寫了。

忽然，有人敲碎酒瓶，怒吼一聲，空氣連靜默一晌都沒有，一切仍如常作樂，見怪不怪。摩托車聲總是不斷

發動又熄火，來來去去。

　　有藏裔尼泊爾當地人找我同去賭場玩，好奇跟去，外型頗壯觀，門口站著兩個大漢。我們一群人，結果載我的藏裔青年不能進入，大家一起來有人不能進不免掃興，藏裔青年問爲什麼？門口警衛大漢說，當地人不能進入賭場，賭場是給外國人的。可我想和我一起來的不是有幾個也是當地人嗎？後來我才知道那幾個被允許進入的都拿外國護照。藏裔青年說他是西藏人不是尼泊爾人，警衛大漢當然不鳥他。我本來以爲大漢會把曬黑且穿著當地花裙的我誤認是當地人，結果他問也沒問就讓我進去，對於我而言我自己以爲很像當地人，其實對他們而言一看就能認出的。

　　後來我們也很掃興地溜了一圈就出來，因爲大夥都沒錢賭，且把藏裔青年留在外面很說不過去，藏裔青年一臉烏青的神色，很情緒化地直對我嚷著說：「帶我走吧！」

　　「帶我走吧！」這是電影《綠卡》的再版，我，一個異鄉人成了他人的出口救贖？

　　這讓我不得不述說起尼泊爾旅程的最初，那時我住在稍好的旅店，遇到一個感覺奇特的經驗。在用餐時，飯店的某男服務生頻頻服務，並向我說飯店的哪個高點是俯瞰整座山城和星光最好地點。我聽了便想那好，有當地人指引自是該上去瞧瞧。夜晚的山城風光迷濛，山嵐不斷，遮去視野又亮出視野，一如油燈。就在感覺淒美時，不知何時那服務生已經在我的身後，駭了我好大一跳。旅行許久我大約都能洞悉他人心事，我想他大約要我帶他走吧。果然他先是（慣例）讚美我一番後婉轉地說，他很想離開尼泊爾，可是靠他自己是辦不到的，只有外國人可以帶他走。

　　他說他已經向神求了三年，求神送某人至此，然後帶他走。他說我一定是神派來的使者。

他不說我也懂。但在那樣的獨自夜晚，我不能大意處理。遂婉轉地謊稱他很好的，但我已經結婚了，喚他露出極度失望神情。其實尼泊爾人有不少長得顏面深邃，頗爲好看，在台灣可能已經是偶像團體F4了。但是旅人改變不了別人的宿命。最後我祝福他一定會夢想成眞。

事後，我每想起他失望幾近扭曲的神色，就悲哀地想，我是他試探過的第幾個女子呢？他，是不是只要看起來不至於太老的外國女人，他都願意試試看呢？

而至今他還是在那家飯店吧，他可夢想成眞？

加德滿都是一座當地人想出走而外地人想進來的城市。

「帶我走吧！」他們出走的渴望，遠離赤貧的渴望。可惜我不是月光，我自己已是一根不牢靠的浮木，誰也無法攀附其上。

許多的尼泊爾小孩日日跟隨著我，希望向我導覽一些地方，因爲這樣他們就有小費了，問他們將來的志願也是當導遊。唱片行播放著英文歌曲，伴隨著當地民謠，在此的CD片皆是拷貝，一如他們的人生也是想直接拷貝自他人，他們沒有自己的原廠，他們似乎渴望有人願意讓他們拷貝，複製他人的生活版圖。

有些旅地讓我有魅惑感，像是著魔狀態一時之間無法定心，只是一直被吸引著再吸引著，不斷地被吸引，只能四處走動無法停止，無法歸納。

這就是加德滿都，我人在入夜的佛陀酒吧聽著佛陀電子沙發音樂聽著涅槃音樂，並發著E-Mail給故里的你。這信的訊息負載著一顆沈重的心，我想你讀出來了。Buddha, Nirvana……我在此也成了一個符號，一個會呼吸的哀傷動物。

徘徊在現代與傳統的尼泊爾人，喝可口可樂是一種西方式的奢侈。

尼泊爾旅遊資訊

◆關於尼泊爾

　　尼泊爾是一個充滿神秘古風和浪漫傳奇的小國，由於地理條件甚差，又不曾經過工業化的洗禮，尼國至今仍停留在農業社會的階段。也正因為如此，帶給了西方遊客新鮮和好奇，成群結隊湧向這個多山的內陸小國。

一、地理

　　尼泊爾是中亞喜瑪拉雅山脈南麓的一個內陸小國，北邊與我國西藏毗鄰，餘東南西三面則與印度接壤，東邊鄰近孟加拉（但不接壤）。

　　尼泊爾面積十四萬五千三百九十一平方公里，成東西向的長方形，東西長約八百公里，南北長約一八○～二五○公里。除南部鄰近印度地區有寬約二○～四○公里的狹長平原（海拔50～200公尺）外，其餘都是山地，高度從一千公尺到八千公尺，由南往北遞增。最北則是著名的喜瑪拉雅山脈，由一群七、八千公尺高的名山排列而成，因此有「世界屋脊」之稱。尼泊爾即是以喜瑪拉雅山脈與西藏接壤。

二、氣候

　　尼泊爾的氣候，全國各地差異極大，同一時間高山上積雪盈尺，而平原或谷地可能陽光豔麗。主要由高度、日照和雨量三個因素來決定氣候。

　　到尼泊爾旅遊的最佳季節是每年的十月到次年的三月，也大約就是秋季的後

半到次年春季的前半，此時氣候乾爽宜人。以首都加德滿都為例，這段期間的平均溫度大概在攝氏十度至二十五度，清晨最冷，降到攝氏十度以下，而且有薄霧，中午陽光普照之後，立刻普遍溫暖宜人。

從四月到六月上旬是尼泊爾的夏季，氣溫悶熱，午後偶有雷雨。四月平均溫度在攝氏十一度至二十八度，六月為攝氏十九度至三十度，六月最熱甚至可達到攝氏三十六度。

六月下旬到九月是雨季，暴風雨常導致班機停航，河水暴漲和山崩使得道路中斷，登山受阻。雨季是尼泊爾最不適合旅行的季節。

三、歷史

尼泊爾這樣的小國卻擁有相當悠久的歷史，早在西元前一千年左右，無數的神話和傳說便為尼泊爾的歷史揭開了序幕，所以有人說尼泊爾是一個「沐浴在傳奇中的國家」。這時期雖無信史根據，但從出土的古物卻可得知，尼泊爾的文化起源很早。

西元前第八世紀時，Shepherd王在加德滿都建立尼泊爾的第一個王國。

西元前五六六年，佛教始祖釋迦牟尼佛誕生於尼泊爾南方的藍毘尼。西元前二五○年，印度的阿育王在佛陀的誕生地立下紀念石柱，並進入加德滿都尋訪釋迦當年修行時在加德滿都的遊跡。

馬拉（Malla）王朝開始於十三世紀初，到一四八二年Yaksha Malla王時，把王國分割給他的三子一女，因而建立了Kathmandu、Patan Banepa, Bhadgaon四個國家。此後的尼泊爾即陷於分裂，四小國之間紛爭不斷。一直到一七六八年，Gorkha 王Prithivi Narayan才再把尼泊爾統一起來，同時也開了Shah制度（攝政王），直到一九五一年Tribhu van王廢除Rana制之後，王室才又重獲政權。

【以上參考資料來源：友達旅行社、地球家國際旅行社及尼泊爾觀光局】

基本資料

面積：十四萬五千三百九十一平方公里

首都：加德滿都（Katmandu）

最高點：聖母峰（8850公尺／29035呎）

人口：兩千兩百萬人

語言：官方語言為尼泊爾語，不過仍有許多其他不同的語言及方言。

宗教：印度教（86%）、佛教（8%）、伊斯蘭教（3%）

時差：尼泊爾比台灣慢二小時十五分

貨幣：尼泊爾盧比（NRS）

電力：二二○瓦特

國際電話直撥碼：977

飛行時間：加德滿都→曼谷　三小時二十五分

　　　　　　曼谷→台北　三小時三十分

出入境資訊

入境簽證：在尼泊爾特里汶（Tribhuwan）國際機場辦理落地簽證，需備
　　　　　護照、兩張二吋照片、簽證費用，填寫簽證申請表格（台灣
　　　　　旅客必須要多填一張表）。機場以及尼泊爾航空都備有簽證申
　　　　　請表。

簽證費用：第一次入境單次US$30，可以停留六十天。再度入境，單次
　　　　　US$25、兩次US$40，多次US$60（首次入境時加辦）。如果同年第
　　　　　二次入境，單次US$50，可以停留三十天。
　　　　　十歲以下的兒童不需要辦理簽證。

延長簽證：入境後如果需要延長停留天數，可至移民局申請；延長一天收費
　　　　　US$1，一年內最多可延長五個月。

加德滿都移民局（The Department of Immigration）
　　　　　所在地：New Baneswar
　　　　　電話：494273, 494337
　　　　　週一至週五：9:00~16:00
　　　　　辦理登山許可證：週一至週五：9:00~14:00

Central Immigration Office
　　　　　所在地：Kathmandu
　　　　　電話：412337

波卡拉移民局（Pokhara Immigration Office）
　　　　　所在地：位於機場和費娃湖畔之間
　　　　　（可辦理延長簽證、登山許可證）
　　　　　電話：21167

協助單位

尼泊爾政府觀光局（Tourist Information Centre）
　　　　　所在地：Tribhuvan International Airport
　　　　　電話：470537
　　　　　週日至週六9:00~17:00

醫療機構

Clwic Clinic

> 所在地：Durbar Marg
>
> 電話：228531

Nepal International Clinic

> 所在地：Hitti Durbar
>
> 電話：412842, 419713

Teaching Hospital

> 所在地：Maharajgunj
>
> 電話：417707, 412303

Patan Hospital

> 所在地：Lagankhel
>
> 電話：522295, 522266

交通資訊

國際交通

公路

從中國西藏走中尼公路進入尼泊爾。雖然從印度邊界有很多關卡可以進入尼泊爾，但有的地區車輛無法行駛。主要陸路：從印度的蘇納利（Sunnali／Bhairawa）、卡爾畢塔（Kakarbhitta）等地，經由邊界進入尼泊爾。

航空

從台灣到尼泊爾沒有直航班機，可以到香港轉搭港龍航空或尼泊爾航空前往加德滿都。從曼谷轉搭泰航或尼泊爾航空前往加德滿都。從新加坡可以搭乘新航、從中國上海可以搭乘尼泊爾航空、從西藏拉薩可以搭乘中國西南航空進入加德滿都。

皇家尼泊爾航空（Royal Nepal Airlines, RANC）

> 所在地：RNAC Building, New Rd. Kantipath, Kathmandu
>
> 電話：220757
>
> 傳真：977-1-225348

印度航空（Indian Airlines）

　　　　所在地：Hattisar, Kathmandu

　　　　電話：410906, 414596

　　　　傳真：977-1-419649

泰國航空（Thai Airways）

　　　　所在地：Durbar Marg, Kathmandu

　　　　電話：224917, 224387, 223565

　　　　傳真：977-1-221130

　　　　E-mail：thai@ntc.net.np

新加坡航空（Singapore Airlines）

　　　　所在地：Durbar Marg, Kathmandu

　　　　電話：220759

　　　　傳真：977-1-226434

　　　　E-mail：info@everest-express.com.np

國內交通

市區

在尼泊爾各大城市，可搭乘公車、計程車、人力三輪車（Rikshaw）以及自動三輪車（Auto Rikshaw）。公車票價從Rs.5起不等。計程車和自動三輪車可以跳錶計費或者是事先議價。

加德滿都市區計程車Rs.7起跳，每公里跳錶Rs.12，12：00～6：00時段加收50%費用（偶有變動）。

在加德滿都，方便可租汽車或摩托車，必須持本國與國際駕照。

市區以外

專供觀光客搭乘的綠線巴士Green Line，每天各有兩班，在塔美爾區入口附近搭乘，須事先購票和訂位，可請飯店櫃檯代訂。

國內航空

皇家尼泊爾航空（Royal Nepal Airlines, RNAC）

　　　　　所在地：Kanti Path, Kathmandu

　　　　　電話：220757, 226574或223453 New Rd.

Buddha Air

　　　　　所在地：Hattisar, Kathmandu

　　　　　電話：437025, 437677

　　　　　傳真：977-1-437025

Cosmic Air

　　　　　所在地：Heritage plaza

　　　　　電話：246882, 241052, 244026

　　　　　E-mail：cosmic@soi.wlink.com.np

Yeti Airline

　　　　　電話：421215, 421294, 421147

　　　　　傳真：977-1-420766

　　　　　E-mail：yetiair@vishnu.ccsl.com.np

Mountain Air

　　　　　電話：489065, 489062-3

　　　　　E-mail：mountainair@sbbs.wlink.com.np

Garud Air

　　　　　所在地：Sinamangal, Kathmandu

　　　　　電話：491128, 4903052

　　　　　E-mail：garudair@wlink.com.np

Necon Air

　　　　　所在地：Kathmandu

　　　　　電話：473860, 480565

　　　　　傳真：977-1-471679

　　　　　E-mail：reservation@necon.mos.com.np

Gorkha Airlines

　　　　　電話：435121, 435052

　　　　　E-mail：gorkhamkt@mail.com.np

Flight Care Aviation

　　　　電話：480924

　　　　傳真：977-1-438568

Skyline Airways

　　　　電話：481778, 492670

　　　　E-mail：skyline@wlink.com.np

【註：電話、傳真和網址若有變動，請自行向旅行社查詢。】

注意事項

一、前往尼泊爾最好攜帶帽子、太陽眼鏡、防蚊液、手電筒、保濕乳液、防曬油、皮膚保養品、個人藥品以及感冒藥、頭痛藥、退燒藥、腸胃藥、消炎藥、抗生素、抗過敏藥、藥用紗布等。

二、尼泊爾衛生條件不太好，有時會有傳染病，如果擔心被感染，出發前可至衛生所接種預防針，但是必須提前一、兩個月，詳情請向衛生所詢問。（以我的經驗是不必須打預防針，但須注意衛生和飲食。）

三、在尼泊爾，不要吃生冷食物或飲用未經煮沸的水。一般餐廳供應的冷水都是生水，最好購買密封的礦泉水、飲料或熱奶茶，以確保衛生。

四、尼泊爾氣候乾燥、早晚溫差極大，十至三月間，最好穿著棉質T恤，外加一件襯衫或毛衣，然後再穿保暖外套，可層層脫穿，方便為主。女性遊客應避免穿著短裙或短褲。即使是夏天，到山區爬山或健行，也要攜帶保暖衣物。

五、雨季期間，尼泊爾山區或奇旺有水蛭和蚊蟲，不太適合旅遊或登山。

六、在尼泊爾，前往海拔三千公尺以上的山區，須預防高山症。患有高血壓、氣喘、心臟病和呼吸系統疾病者，不太適合前往。

【以上參考資料來源：《山國秘境尼泊爾》，王瑤琴著，MOOK墨刻出版。《Nepal》，尼泊爾觀光局提供。《印度‧尼泊爾》，縱橫文化出版。《Nepal》，Lonely Planet出版】

參考書目

1. 《尼泊爾知性之旅》Discovery Channel，協和國際多媒體股份有限公司。

2. 《印度‧尼泊爾》，縱橫文化。

3. 《Nepal》，尼泊爾觀光局。

4. 《山國秘境尼泊爾》，王瑤琴著，MOOK墨刻。

5. 《密勒日巴全集》，張澄基註譯，慧炬出版社。

6. 《西藏生死書》，索甲仁波切著，鄭振煌譯，張老師出版社。

7. 《岡波巴大師全集選譯》，岡波巴著，張澄基譯，法爾出版社。

8. 《蓮花生大士本生傳記》，偉瑟強丘多傑著，法界之音出版社。

9. 《僧侶與哲學家：父子對談生命意義》，賴聲川譯，先覺出版社。

10. LUMBINI：A Haven of Sacred Refuge，Basanta Bidari著。

11. Nepal：Lonely Planet出版。

國家圖書館出版品預行編目資料

山城的微笑：尼泊爾的不浪漫旅程/ 鍾文音著
-初版.-臺北縣永和市：地球書房文化，
2004〔民93〕面；公分.
--(旅行新世紀2)
ISBN 957-29401-2-0（平裝）

855　　　　　　　　　　　　　　　93000531

旅行新世紀　2

山城的微笑——尼泊爾的不浪漫旅程

作者・攝影 / 鍾文音

發 行 人 / 羅智成

圖文編輯 / 陳秋華

美術編輯 / 林世鵬

文編協力 / 朱軒衛・黃健群

執行編輯 / 蔡明伸

圖片提供 / 世界宗教博物館・全德佛教精品有限公司

法律顧問 / 永然聯合法律事務所

出 版 者 / 地球書房文化事業股份有限公司

地　　址 / 234 台北縣永和市保生路2號8樓

電　　話 / (02)2232-1008

傳　　真 / (02)2232-1010

網　　址 / books@ljm.org.tw

印　　刷 / 永光彩色印刷股份有限公司

電　　話 / (02)2223-2799

總 經 銷 / 農學股份有限公司

電　　話 / (02)2917-8022

版權所有・翻印必究

初版一刷 / 2004年01月

定　　價 / 259元　ISBN 957-29401-2-0（平裝）

＊本書若有缺損，請寄回更換＊